구병모

2008년『위저드 베이커리』로 창비청소년문학상을 수상하며
등단했다. 2015년 소설집『그것이 나만은 아니기를』로
오늘의작가상과 황순원신진문학상을 수상했다.
장편소설『한 스푼의 시간』『아가미』『파과』
소설집『빨간구두당』등이 있다.

KB022163

네
이웃의
식탁

네

이웃의

식탁

오늘의 젊은 작가 19

구병모
장편소설

민음사

뒤뜰 식탁은 냅킨이나 컵을 집기 위해 손을 뻗을 때마다 서로의 팔꿈치가 스쳐도 개의치 않는다고 전제할 경우 어른 열여섯 명가량이 둘러앉을 수 있었으며 서로의 숨결이 닿기 직전까지 밀도를 높이면 어린이 예닐곱 명은 추가로 끼어 앉을 만했다. 매끈하게 깎인 상판에는 얼굴이 비쳐 보일 듯 니스 칠이 되어 있었고, 두툼한 모서리의 마감은 들쭉날쭉하며 다리는 울퉁불퉁한 나무 몸체의 근육을 그대로 살린, 다리라기보다는 그 자리에 거의 붙박인 다섯 개의 두꺼운 기둥 수준으로, 웬만한 장정 네댓 사람이 달라붙어도 들어 옮기기 어려운 핸드메이드 제품이었다. 주택 설계자 가운데 누가 이런 걸 여기 둘 생각을 했는지는 모를 일이지만 최소한 경비가 남아서 들인 게 아니라는 짐작만은 할 수 있었다. 시중의 목공소나 공방에서 이런 물건을 맞추려면 평범한 월급쟁이의 소득으로는 어림없을 거였다.

지금은 어른 일곱 명, 영유아 여섯 명으로 그중 아이 셋은 저마다 아빠의 무릎을 차지했으므로 그나마 한산한 식탁이었다. 앞으로 열두 개 호가 빈 데 없이 꽉 차면 이 식탁도 인구 수용에서 한계에 달하겠으나, 이렇게 많은 입주민이 동시에 빠짐없이 모여 식사하는 일 자체가 매번 가능하지는 않으리라고 요진은 내다봤다.

"각자 잔에 와인을 다 따르셨으면."

정오에 사다리차가 창문턱에 닿기 무섭게 제일 먼저 뛰어나와 요진 가족을 맞이한 신재강이 일어나 선창했다.

"전은오 님과 서요진 님 그리고 두 분의 딸 여섯 살 전시율 님, 입주를 환영합니다."

"환영합니다."

"반갑습니다."

저마다 자리에서 일어나 잔을 들고 허리를 숙였지만 아이 안은 아빠들은 그대로 앉아 팔을 뻗는 시늉만 할 수밖에 없었으며, 맞은편과 양끝에 나눠 앉은 이들까지 서로의 잔이 닿지는 않았으므로 눈인사를 대신 주고받았다. 아이들도 어른을 따라 각자의 옥수수 플라스틱 잔에 담긴 감귤주스를 들어 올렸다가 마셨다. 누구 엄마, 누구 아빠라고 부르는 거 재미없잖아요. 우리는 서로의 이름을 분명히 밝히고 나누는 걸 선호합니다. 신재강이 아까 입주민들을 간단히 소개하며 했던 말이다. 병원이나 관공서에서가 아니면 실로 오랜만에 다른 사람의 목소리로 들어 보는 제 이름에 다소 이물감을 느끼며, 요진은 잊었던 모국어의 발음을 새삼 되새기는 이민자처럼 입속으로 따라 중얼거려 보곤 잇몸을 혀로 훑었다.

"오늘 이사 들어오시고 피곤하시니 일부러 저희가 시간도 애매하게 잡고, 간단하게 마른안주랑 다과만 내놨지 뭡니까. 이렇게 환영회가 부실해서 어쩌나요."

잠든 아이를 품에 안은 고여산이 불편한 자세 그대로 고개만 모로 돌리며 말을 붙이자 은오는 황감해하며 손을 내저었다.

"천만의 말씀입니다. 이렇게 심플한 게 최고죠. 저희가 잠깐 머물다 가는 손님이나 대접받을 사람들도 아니고 그저……"

실험공동주택의 신규 거주자 3인일 뿐인데요, 하기엔 왠지 어조와 무관하게 속정 없는 사람으로 여겨지리라는 예감에 은오는 말을 더 잇지 않고 얼버무리며 잔을 마저 부딪쳤다. 이런저런 그릇 소리에 이어서 말소리며 아이들의 투레질 소리 같은 것이 초저녁의 허공을 부유했다. 고여산의 아내 강교원은 잔을 저만치 멀리 물려 놓고 네 살짜리 첫째 옆에 붙어 앉아 늦은 점심을 떠먹이고 있었는데, 그 과정에서 발생하는 실랑이며 약간의 짜증도 다정한 오후의 충만함처럼 생각되었다. 이런 그림을, 모자의 평화로운 한때를 해쳐선 안 되겠다는 조심성을 누구라도 갖게 될 법한 장면이었다. 누군가와 함께 살아간다는 건 웬만한 소음은 배경음악으로, 어수선한 광경은 손 닿지 않는 액자 속 풍경으로 인정한다는 뜻이었다.

"요진 씨 아까 드린 문건 잘 챙기셨죠?"

신재강의 아내 홍단희가 묻자, 요진은 이삿짐이 부려지는 정신없는 와중에 그녀에게서 뭘 건네받긴 받았다는 기억이 가물거렸으나 당황한 티를 내지 않았다.

"별거 아니지만 몇 가지 생활 규정 말인데요, 분리수거 요일이나 그런 것들 아까 드린 에이포지에 적어 두었으니까 그대로 잊지 않고 해 주시면 돼요."

비로소 알아차리고 요진은 도열한 일가 어르신들께 폐백 인사를 마친 신부의 기분으로 숨을 내쉬었다.

"아 그게요, 아직 정리가 덜 되어서 냉장고에 붙여 두기만 했네요. 이따 가서 바로 읽어 볼게요."

"예, 내일 일요일인데 천천히 확인하셔도 돼요. 그나저나 상낙 씨, 효내 씨는 요즘 많이 바빠요?"

역시 한 아이를 품에 안은 손상낙이, 마침 깨어난 아이에게 젖병을 물리느라 그 물음에 뭐 늘 그렇죠, 하며 대강 고개만 까딱해 보였다. 요진이 둘러보니 어른이 총 여덟 명이어야 짝이 맞는 것을 한 명이 부족하다 싶었는데 이 자리에 없는 이가 손상낙의 부인인 듯했다. 뭐 늘 그렇죠. 진솔하고 대체 불가능한 표현이면서 동시에 질문자가 원하는 어떤 정보도 제공하지 않는, 듣기에 따라 무성의한 대답이었다. 어쩌면 이야기를 매조지하려는 의도를 담아낸 것인지도 모르지만 홍단희는 좀 더 명확하게 물음의 추를 얹었다.

"암만 마감이라도 그렇지 식구가 한 팀 더 들어왔는데 얼굴 잠깐 비치는 게 뭐 어렵다고, 상낙 씨가 다림이를 아예 안고 나왔어요그래."

"아니 마감을, 막 마쳐서 지금 완전 뻗었습니다. 한 사흘 꼬박 샜는데 지금은 누가 업어 가도 몰라요."

"그렇구나. 잔다는데 어쩔 수 없지. 요진 씨 언짢은 거 아니죠?"

"예? 그럴 리가요. 각자 다 사정이 있을 텐데 제가 뭐나 된다고요."

요진은 깜짝 놀라며 손을 내저었다. 은오 말마따나 자신들은 손님이 아니었고 어떤 격식을 갖출 필요 없었다. 보통의 아파트에서라면 눈인사 정도나 할까 말까 한 헐거운 관계에 불과할 것을, 그래도 주택 사정에 맞게 소규모 그룹 같은 형태가 된 이상 이름 정도나 트고 지내면 그만이었다. 홍단희가 일컫는 잠깐이라는 말도 개인차가 얼마나 심한지, 누구에게든 부담 없게 들리는 잠깐이라는 순간도 모이고 뭉치면 그것이 삶에 어떤 크기와 무게로 다가오는지 요진은 모르지 않았다. 누군가를 위해, 때론 한순간의 목례를 위해 몸을 일으키는 것조차도 도저히 할 수 없는 사람이나 상황이 세상에는 얼마든지 있을 수 있었다.

요진보다 서너 살쯤 위인 듯싶은 홍단희는 보아하니 천성으로 장착된 활발함도 그렇고 이것저것 섬세하게 살피거나 돌보기를 즐기는 부녀회장 스타일이었고, 그런 성격의 사람이 이런 외딴곳에서 거주하기를 자청했다는 게 요진은 조금 신기했다. 아닌 게 아니라 기존의 인간관계나 사회 인연을 모두 청산하고 싶어질 때 들어올 만한 곳이었다. 공기 맑고 물 깨끗하고⋯⋯가 삶의 가치 기준의 대부분이 되는.

"이렇게 한 식구 더 들어오니까 이제 좀 사람 사는 거 같다. 아니, 그렇다고 그 전에 우리끼리 뭐 적적하게 지냈다는 건 아니고. 효내 씨가 무슨 프리랜서라나, 밤낮을 바꿔서 산다니까 여자가 둘밖에 없는 거나 비슷했는데 이제 한 명 더 들어와서 좋네. 아침에 남편들 보내고 우리끼리 차 한잔 하고 그래요, 응?"

홍단희가 살갑게 말하는 눈앞에 대고 요진은 굳이 지금 이 자리에서 현실을 정정할 필요 있나 싶어 대답 대신 미소만

띠었는데 은오가 나섰다.

"그게 실은, 출근을 이 사람이 하고 제가 집에서 시율이를 봅니다."

"예?"

"하하, 제가 능력이 없다 보니 이 사람이 밖에서 일하죠."

은오는 남들 앞에서 요진을 칭찬하기 위한 방법으로 자신을 낮추는 표현을 즐겨 사용했는데, 그것이 배려에서 나오는 말이라도 요진은 가끔 고통스러울 때가 있었다. 그가 자신을 깎아내려서 상대적인 위치가 높아지는 것도 요진은 원치 않았고, 그런 방법으로 진짜 돋보이거나 빛나는 것이 세상에 존재하지도 않았으며, 무엇보다 칭찬으로 들리지가 않았다.

"아…… 요진 씨가 더 많이 버셔서 바깥분이, 아니 은오 씨가 집에 있기로 한 거예요?"

"뭐 딱히 그렇지는 않고요."

남편이 입봉하기로 했던 영화가 몇 편 내리 엎어진 뒤로 낭인에 가까운 생활을 하고 있다는 것까지 첫 만남에 밝히고 싶지 않아서 요진은 대충 대답했는데, 홍단희가 아까 손상낙에게 그리했듯이 행간을 읽어 내지 못하고 더 깊이 물어볼까 우려했다.

"그럼 요진 씨 자기는, 요즘 실업이다 비정규다 다 같이 힘든 세상에 이런 거 물어봐도 되나 모르겠네…… 어디 다니는

데요?"

다행히 의문의 방향이 은오에게 머무르지 않고 요진에게로 옮겨 오긴 했다. 물어봐도 되는지 모르겠다면서 결국 묻는 사람의 심리란 대체 뭔지를 궁금해할 틈도 없이, 남편이 집에 있고 아내가 밖에 나간다고 하면 늘 따라붙는 부가세 같은 질문이므로 요진은 그러려니 했는데 역시 은오가 옆에서 나섰다.

"이 사람, 그냥 평범한 동네 소아과 옆에 딸린 약국에서 일합니다."

"어머 은오 씨도 참, 대변인이시네요. 사모님이 말하게 좀 놔두지 않고. 그나저나 약사 선생님이었군요, 대단하셔라."

신재강이 뒷말을 받아 눙쳤다.

"오, 그러면 은오 씨가 그 말로만 듣던 상팔자 셔터맨?"

요진은 입속에 머금은 와인이 쓰고 떫은맛을 내는 것을 서둘러 삼키고 입을 열었다.

"아뇨. 저는."

이쪽에서 대강 공그르겠다는 티를 낸 것 같은데도 저쪽에서 굳이 알아야겠다면, 이런 부분은 처음부터 오해하지 않도록 분명히 해 두어야 한다는 것이 요진의 주관이었다.

"그냥 카운터를 봐요."

요진은 약사인 육촌 언니가 차린 약국에서 보조원으로 일하고 있었다. 주요 업무는 옆 메디컬 빌딩에서 온 손님들이 내미는 처방전을 받아 입력 전송하고, 쌍화탕이나 자양 강장제를 사러 오는 손님들에게 그가 찾는 것을 내주는 한편, 유기농 곡물 과자류와 어린이 비타민 음료를 비롯하여, 밴드에 이드며 마스크 같은 위생용품이 탁상에 올라오면 계산해 주는 일이었다. 그 외엔 내부 청결 유지를 위해 수시로 가게 안팎과 약장 및 선반을 쓸고 닦는 일과 쓰레기 분리수거, 약 재고와 제조 일자를 파악하여 기록하고 유통기한이 지난 것들을 골라내고 정리하는 것이었다.

약사도 아니고 관련 전공자도 아니니 평소 응용할 일은 없지만 유사시를 대비하여 사람들이 많이 찾는 약의 성분표도 외워 두어야 했으며, 그중 타이레놀과 부루펜의 차이 및 교차 복용법 정도는 시율이를 키우면서도 알게 되는 부분이었고, 은근슬쩍 넘어오는 업무 가운데 몇 가지는 약사법에 아슬아슬하게 저촉되는 일들도 있었으나, 하루에도 백여 장씩 처방전이 들어오는 상황에서 그 부분을 문제 삼는 환자나 보호자는 거의 없었다. 컴퓨터를 빠르고 정확하게 쓰는 것이 무엇보다 중요했고 특히 사람 몸에 들어가는 약을 쓰는 일이므로 약 명칭을 잘못 읽기라도 했다간 큰일 나는데, 일일이 스펠링이나 화학식을 입력해야 하는 것도 아니고 포스 단말기가 삑 소리와 함께 대부분의 과정을 처리하는 약국 전용 프로그램을 이용하니 간담이 서늘해질 일도 아직까지는 생기지 않았다.

은오의 말 가운데 정정해야 할 부분이 있다면 '평범한 동네 소아과'라는 표현이 주는 한가로운 뉘앙스일 것이었다. 여러 종류의 의원이 입주한 인구 밀집 지역의 메디컬 빌딩 옆에 약국이 있는 만큼 월요일이나 공휴일 이튿날에는 점심시간도 대중없었다. 그나마 옆 건물이라 눈코 뜰 새 정도는 있는 편이고, 아예 메디컬 빌딩 안에 들어가 있는 약국은 페이 약사만 세 명이었다.

"어…… 그래요?"

말 꺼낸 홍단희가 당황스러워하는 틈을 강교원이 벌리고 들어왔다.

"카운터면 어때서요, 열심히 노동해서 내 입에 들어가는 거 하나 안 부끄럽게 살면 그만이지."

홍단희가 그 말에 자연스레 업혀 갔다.

"어, 그래요, 뭐 어때. 나도 학생 때 영어 학원에서 카운터 알바 해 봤는걸."

"그거야 잠깐 알바니까 본격적인 직업이랑은 느낌이 다르죠. 우리 엄마가 옛날 그 시절에 K어패럴에서 일한다 했더니 사람들이 막 거기 디자이너인 줄 알고 떠받들어 줘서, 실은 매장 판매 사원이란 얘기를 한참 동안 못 했다고 하더라고요. 그래서 자라는 내내 난 생각했죠. 판매직이 왜? 고졸이 뭐?"

"옷이야 요새는 명품이 아니면 에스피에이나 할인 매장이니 워낙 극과 극이고 이제는 저거겠지, 나 아는 언니 말 들어 보니까 자기 딸네 반 어떤 애가 우리 아빠 S그룹 다닌다 하고 교실에서 그렇게 뼈겼대요. 알고 봤더니 저 뭐야, 마트료시카 인형 모양 몇 겹이나 알을 까는 식으로 하청에 또 하청, 에어컨 설치 수리 기사였다고. 아니 근데 수리 기사면 뭐가? 명함에 똑같이 S그룹 박혀 갖고 나오는데? 그래서 내가 그 언니더러 막 뭐라고 해 줬지."

뭐가 어떻다고 입 뻥긋한 적 없이 그저 객관적인 사실만을 건조하게 전달했을 뿐인데 그들은 으레 요진이 자격지심에 시달리고 있으리라 믿곤 둘이서 주거니 받거니 위로도 격려도 안 되는 사례들을 추출했다. 문중의 누군가가 결혼하거나 돌아가셨을 때가 아니고서야 1년에 한 번도 만날 일 없던 육촌 언니의 약국에서 보조로 일한 지 4년째, 주위에서 꾸준히 보내는 우려인지 칭찬인지 모를 이야기들, 예전보다는 다소 비율이 늘었다 한들 남자가 집에 있고 여자가 일을 나간다는 그리 보편적이지 않은 상황을 놓고 보이던 반응들로 인해 없던 열등감도 켜켜이 쌓여, 지금 자신이 갖고 있는 감정은 확실히 자격지심에 가깝긴 하겠다고 생각하며 요진은 쓴웃음으로 고개만 까딱해 보였다. 이런 곳으로 와서까지 설마 첫 대면에 첫 질문이 그리 나올 줄은 몰랐지만, 어딘들 사람이 둘

이상 사는 곳이라면 참견의 깊이와 농도 정도만 차이 날 뿐 마찬가지일 터였다.

—잘 생각해야 할 거야. 한번 외곽으로 나가면 다시는 중심으로 못 돌아오거든. 나 봐라, 신도시라고 흥하던 시절 다 끝나고 지금은 슬럼화가 진행 중이야. 집값 무서워 서울 못 들어가지 맘만 같아선……. 그래도 난 한두 번 갈아타고 전철로 오갈 수라도 있지, 너는 그 허허벌판에서 어쩌려고.

나라에서 젊은 부부 대상으로 마련한 꿈미래실험공동주택에 요진 부부가 입주한다고 했을 때 동창의 첫 마디였다.

10여 년 전 살짝 붐이 일었을 때 한바탕 조성되다 만 전원주택가와도 좀 떨어지고, 편의 시설 하나 없는 고즈넉한 산속에 지은 열두 세대 규모의 작은 아파트로, 언뜻 보면 계곡 물줄기 하나 옆에 흐르지 않는 이런 공지에 웬 펜션이 덩그러니 있나 싶게 보였다. 어쨌든 나라에서 신경 써서 지은 새 집이라 깨끗하고 구조도 좋고 평수도 적당하며 무엇보다 공공임대라는 장점이 있었으나, 입주 조건은 까다로웠고 갖추어야 할 20여 종의 서류 항목 가운데 심지어 자필 서약서까지 있었다.

첫 입주자 모집 당시 안내문에는 '도심까지 20분 거리'라고 나와 있었지만 그것은 신혼 시절부터 전월세를 전전할 때

마다 보아 온 '초역세권 매물, 전철역 3분 거리'와 같은 수준의 허구에 가까웠고 실제로는 최소 35분가량 운전해야 강남과 송파 쪽으로 접어들었으며 대체 가능한 대중교통은 없었다. 거리와 인프라 문제만이 아니라 입주 조건 가운데 자필 서약 서라는 가장 통과하기 힘든 관문, 받아들이는 이의 가치관에 따라서는 다소 모욕적이기까지 한 항목이 있었으므로 누가 저기 들어가고 싶겠느냐고 에스엔에스에서 설왕설래가 있었는데, 그래도 열두 가구 모집에 240쌍의 부부가 신청할 만큼 반응이 있었다. 서류와 면접을 거쳐 추려 낸 이들 가운데 컴퓨터로 추첨을 돌렸고, 서류 심사 당시의 주거 상태와 가족 상황 및 직업 따위가 종합 점수에 반영되었다고 하므로 반드시 저소득 가구와 차상위 계층 위주로 당첨되는 시스템은 아니었다.

그러므로 이곳에 와 있는 사람들은 요즘 추세론 연 단위 계약직일 확률이 높으나 대체로 커플 가운데 어느 한쪽이 그럴듯한 직업이 있으며 최종 학력도 평균 이상인 이들일 것이며, 이 가운데 각종 사회적 사안에 얼마든지 열려 있거나 깨어 있으면서도 카운터 판매직의 현실적 지위를 품평하는 일에 저항감을 느끼지 못하는 사람들이 공존한다고 해서 그리 이상한 일은 아니었다. 그럼에도 요진은 귓가에 맴돌던 말들이 가슴을 짓눌러 오는 걸 느꼈고, 얼마 지나지 않아 그것은 자신이 이곳의 이물질일지 모른다는 감각으로 확산되었다. 학기 초의 친밀 관계가 이미 형성되고 무리 짓기가 끝난 교실에 뒤늦게 들어온 전학생이 된 것만 같았다.

시율이도 지금 그런 느낌이지 않을까 싶어 요진은 아이에게로 눈을 돌렸다. 시율이는 둘러앉은 어린이 가운데 최연장자였고, 말없이 주스를 마시며 무언가를 탐색하듯 아이들을 둘러보고 있었다. 신재강과 홍단희의 두 아들, 다섯 살 정목이와 세 살 정협이 사이에 고여산과 강교원의 아들 우빈이가 끼어 서로의 원목 자동차를 부딪치며 놀고 있었다. 우빈아 너는 다 먹고 하랬지, 강교원의 약간 신경질적인 목소리가 높아지자 고여산은 세아가 깨겠다고 소곤거렸다. 그의 품속에서 세아가 눈살을 찡그리면서 입맛을 다시고 있었다.

청소차가 떠난 자리에 종이 상자 부스러기와 모래 먼지가 피어올랐다. 발차하면서 떨어져 내린 음료 캔과 뚜껑도 굴러 다녔다. 주워서 부대에 담고 나니 손이 찐득거렸다.

찌꺼기들을 처리한 뒤 비와 철제 쓰레받기로 쓸어 담은 먼지를 일반 쓰레기봉투에 털어 넣고 단희는 층계참에서부터 아이 울음소리를 들으며 3층으로 올라갔다.

"효내 씨, 안에 있어요? 효내 씨, 다림이 우나 보네."

부스럭거리는 소리와 함께 울음소리가 조금씩 잦아들고 현관문이 열렸다. 푸석한 얼굴에 충혈된 눈을 깜박이며 조효내가 다림이를 안고 나왔다. 어떻게든 중력을 거스르고 수도꼭지에 매달려 보려는 한 방울 물의 떨림을 연상시키는 표정을 짓고서 조효내가 잠긴 목소리로 말했다.

"예, 말씀하세요."

"여태 잤어요? 아니, 오히려 못 잔 얼굴이네."

"아침 일찍 웬일이세요."

"아이 진짜 사람이 참, 엊그제도 새 식구 만나는 자리에 상낙 씨 혼자 내보내더니 지금까지 코빼기도 안 비치고. 남편들다 출근하고 지금 9신데 아침 일찍은 무슨, 월요일 아침 8시에 재활용품 수거 차량 온다고 몇 번을 얘기했는데요."

조효내는 다림이를 안은 팔을 바꾸며 푸스스한 머리를 긁적였다.

"어제도 밤을 새워서요. 다음 주에는 제가 혼자 나가서 할게요."

엊그제 이삿짐센터 사람들이 이런저런 폐기물을 거둬 갔으므로 서요진네 집에서는 배출될 재활용품이 따로 없을뿐더러 이제 막 짐 풀어 경황도 없을 테니 푹 쉬라고 미리 언질을 주었는데도 전은오가 차량 소리만 듣고도 나와서 기웃거리던 모습과는 대조적이었다. 도울 일 없느냐고 머뭇거리는 걸 단희는 강교원과 함께 팔을 내저어 가며 마다했었다. 생각 같아선 가서 조효내의 집 문이나 두드려 깨워 달라 하고 싶은 걸 참았다. 그동안은 일하느라 애쓴다고 안쓰러운 미소로 고개 끄덕이기도 했고 내 손 한 번 더 가면 되는 일인데 까다롭게 굴 거 없다 싶었으나, 단희는 언제 한번 정색하고 말하지 않으면 약빠른 조효내에게 이대로 호구 잡히겠다고 벼르던 참이었다.

"아니 그렇다고 딱 잘라 그리 말해 버리면 제가 뭐가 돼요. 힘들다고 유세하는 거 아니잖아요 지금. 어차피 진짜 궂은일은 수거하시는 분들이 하는 거고, 우린 그저 한 군데 어디 안 흩어지게 잘 모아서 담아만 놓으면 되는 일인데."

"그러니까 다음 주에 제가 그거 한다고요."

본인이 작정하고 악의를 품어서 뺀질거리는 게 아니라 믿고 싶지만 조효내의 무책임과 게으름은 자기도 모르게 밴 천연 습관이어서 혼자만 무구할 뿐 그것을 감당 및 조율해야 하는 상대방 내지 제삼자를 지치게 만들었다.

"왜 자꾸 모르는 척하고 그래요. 공동의 일을 같이 한다는 데 의미가 있는 건데. 이번 주는 누가 혼자 했다가 다음 주엔 또 누가 혼자 나간다 하면 체계 흔들리고 번거롭다고 그랬잖아요. 내가 일 맡는 날이라고 일정표 다 짜 놓고도 그때 가서 유사시의 상황이라는 게 발생 안 할 것 같아요? 그래서 가능하면 다 나오고 피치 못하게 형편 안 되는 사람만 유연성을 좀 두자 한 건데, 그 정도 협조가 그렇게 안 돼서 공동생활을 어떻게 하나요."

그때 입술을 실룩거리던 다림이가 다시 한번 울음을 터뜨리자 조효내는 이때다 싶게 단희의 말문을 막았다.

"일단 얘가 지금 젖을 먹어야 해서요."

조효내의 가녀린 어깨로 다 가리지 못하는 뒷면의 광경들 ― 흐트러진 아기 이불이며 발 딛고 설 자리 없이 굴러다니는 장난감에 뒤섞인 채 입구가 벌어진 식빵 봉지, 아무 데나 던지듯 걸쳐진 옷가지 ― 을 일별하고 단희는 작은 한숨을 토했다.

"그래요 그럼. 이따 다림이 자면 문자 좀 줘요, 잠깐만 조용히 들러서 마저 얘기할게요."

단희는 언제나와 같이 고개만 까딱하는 인사로 마무리 짓는 조효내의 태도를 못마땅하게 여겨선 안 된다고 스스로를 다스리며 1층으로 돌아갔다.

아닌 게 아니라 가만히 앉아만 있어도 고단할 것이다. 단희 또한 아들 둘을 키우면서 충분히 겪었던 상황이며 주위 사람들이 절대적으로 편의를 봐주거나 배려해 주지 않았다면 무사히 지나 보내기란 어림도 없었을 시절이다. 딴에는 한다고 하는데도 시간에 맞추지 못할 수도 있다. 아무리 제시간에 일어나 보려고 해도, 심지어는 아이가 수십 분째 옆에서 울고 있더라도 눈꺼풀 한쪽 드는 일조차 불가능할 때가 있다. 모성 애니 근성과는 아무 상관 없이 굴러가다 때론 난파하고 마는, 기를 써도 본전조차 건지기 어려운 게 보통이며 본질적인 실패를 전제로 깔고서도 이미 벌인 판을 엎지 못하고 재검토 따위도 소용없는, 숨을 쉬는 이상은 그대로 진행 유지할 수밖에 없는 게 육아의 모든 것이다.

그러나 인지상정과는 별개로 괘씸한 건 어쩔 수 없었다. 단희는 어린이집 총회를 비롯한 외부 장소에서 자신이 육아로 인해 공동의 규약을 이행하지 못했다고 생각될 때, 반드시 그에 상응하는 인사를 관계자들에게 치렀다. 이번에도 역시 아이가 아파서 빠지게 되었으니 죄송합니다, 같은 글을 손글씨로 적은 카드를 과일이나 케이크 안에 동봉해서 건넸다. 그 어떤 데코로도 부족하다는 걸 알기에 다음 기회가 닿으면 다시 한번 허리 굽혀 인사하고, 자신의 몫으로 자잘한 업무가 돌아왔을 때 두 배로 일했다. 그러면 사람들은 그 전까지 심사가 뒤틀렸다가도 오히려 부담스러워하며 호의를 베풀거나 다음 순서를 미루어 주기도 하며 양보하는 등 일정한 보답을 했다.

이곳으로 이사 오기 훨씬 전, 그러니까 정목이가 아기였을 때 재강이 출장 중이던 무렵, 단희의 24평 집 다용도실에는 연속 3주째 재활용 폐기물이 쌓였던 적이 있었다. 정목이를 키우면서부터 각종 위생용품의 구입 및 사용 빈도가 높아졌고, 그것들은 대개 비닐이나 플라스틱 용기에 담겨서 왔으므로 당연한 일이었다. 아파트 단지의 재활용품 내놓는 날은 매주 목요일 오후 6시부터 금요일 새벽 5시 30분에 수거 차량이 오기 전까지, 서울의 웬만한 공동주택과 마찬가지로 주 1회에 한해 이루어졌는데 이때마다 재강은 한 번은 야근, 그다음 주는 빠질 수 없는 부서 회식으로 만취하여 들어왔고 그다음 주는 해외 출장 중이었다.

다용도실 문을 여니 대형 부직포 백 밖으로는 스티로폼 그릇과 비닐이 넘쳤고, 세탁기까지 가는 길목에 굴러다니는 플라스틱으로 발 디딜 틈이 없었다. 단희는 누가 와서 다용도실만 본다면 자신을 뉴스에 나오는 저장 강박증 환자 내지는 쓰레기 더미에 아이를 방치하는 알코올중독자로 착각할 법하다는 생각이 들자마자 스스로가 비참해졌으며, 자신이 조금 더 신경 쓰고 피곤해짐으로써 가능한 한 에코 라이프를 실천했던 신혼 시절의 노력들이 수포로 돌아간 것만 같았다.

하여 재강이 돌아오기를 기다릴 게 아니라 스스로 해결하기로 하고 잠든 정목이를 아기띠로 조심조심 둘러 안았다. 진작 이렇게 했어야 하는걸, 출입구가 중앙에 하나뿐인 기다란 복도식 아파트라 폐기 처리장까지 한 번 왕복하는 데 7분이 걸린다고, 그 짧은 시간이라도 한겨울의 칼바람에 정목이를 노출시키지 않으려 버티다가 이 지경이 됐다. 종이 박스와 플라스틱이 담긴 백을 양손에 들고 폐기물 처리장으로 나갔다. 아기 업은 여인이 손은 두 개뿐이라 몇 번을 집 밖으로 오르

락내리락하는 모습을 발견한 주민들과 경비원이 달려와 도와주었다. 단희는 자신이 어려움에 처해 있음을 사면팔방에 전시하기 위해 정목이를 업고 나온 게 아니라, 엄마가 잠깐 설거지하거나 코앞 슈퍼에 갔다 오는 사이 아이가 추락사 또는 질식사한 여러 비극을 평소 뉴스에서 눈여겨보아서 그런 것이었지만 호의를 감사히 받아들였다. 단희가 연속 세 번째로 폐기물 처리장에 내려갔을 때는 상자를 펼쳐 포개 놓던 경비원과 주민이 수거를 도와드릴 테니 아예 사모님 댁으로 같이 올라가자고 제안할 정도였다.

그 자리에서 고개 숙여 인사하기는 물론이며, 그 뒤 한결 여유로워졌을 때 해당 주민의 호수를 알아 두었다가 경비원과 주민 양쪽 모두에게 떡이나 과일로 사례했다. 그러고 나니 다음번 비슷한 일이 생겼을 때 또다시 자연스러운 도움을 받았다. 이렇게 어린애를 키우는 엄마가 피치 못하게 주위에 지기 마련인 천 냥 빚을 갚을 방법은, 조금만 주의를 기울이면 얼마든지 널려 있었다.

조효내는 그만한 걸 못 챙겼다. 붙임성이 없다든지 사근사근한 성격이 아니라든지 같은 기본적 성향과는 다른 문제로, 못하는 게 아니라 성의가 없어서 안 하는 것이었다. 예를 들어 홍삼이나 건강식품을 취급하는 업자라면 비타민 한 통 정도 내밀 수 있었고, 받는 입장에서도 그것의 소매가가 만만치 않으리라 짐작하는 만큼 상식 있는 자라면 두 번째부터는 반기기보다는 극구 마다하며 마음만 간직하게 마련이었다. 조효내의 경우는 자기가 삽화를 넣었다는 그림책 한 권 주위에 돌리는 법이 없었다. 그녀 말로는 썩 알 만한 이름의 출판사에서 발간되는 책이 아니라 민망하기도 하고, 박스 세트로 움직이는 전집에서 자신이 참여한 낱권만 따로 빼 오기 어렵다는 이유였으나, 비슷한 또래의 이웃 아이들에게 그림책 한두 권 건네면 자신이 어떤 일을 하는지 어필할 수도 있고 그만큼 일상에서 배려를 받을 가능성도 높아지는 법인데 그만한 수고를 들일 줄 몰랐다. 사람과 사람 사이의 관계는 관절과 같은 것이라 활액이 없이는 삐걱거리며, 그에 따른 통증과 불편을 실제로 느끼고 감당하는 쪽이 으레 따로 있다는 게 단희의 주된 불만이었다. 어디까지나 뭔가 인사를 못 얻어서가 아니라 공동주택에 살면서 그 정도가 최소한의 상식과 도리라고 단희는 믿었다.

이도 저도 사정이 안 되고 본인이 둥글지도 않아 어렵다면, 경우에 맞는 화법만 갖추어도 그만이다. 두 아이를 키운 경험에 비추어, 엄마란 자신이 아무것도 잘못하지 않았더라도 죄송합니다와 고맙습니다를 입에 달고 살아야 마땅한 존재였다. 조금 전만 해도 '밤을 새워서요' 다음에 '죄송해서 어쩌지요' 정도 한마디만 뒤따랐어도 됐을 일이다. 역시 엎드려

절 받자는 게 아니라 그게 인간관계의 스킬…… 이전의 기본예의다. 조효내 개인의 무질서한 성향을 간과하고 그의 직업으로 편견을 가져선 안 된다는 사실을 머리로는 알지만, 사회생활 경험이라곤 전무하며 방에 들어앉아 개인 작업만 해 온 사람 티를 있는 대로 내지 않나.

분명 엊그제 손상낙이 말하길 그 전날 마감을 하고 곯아떨어지느라 조효내는 새 식구 환영 자리에 나올 수 없다고 했다. 오죽하면 그녀가 숙면을 취하도록 손상낙이 다림이를 안고 뒷마당으로 나오기까지 했다. 그렇게까지 남편이 애써 주었음에도 조효내는 어제도 밤을 새웠다는 것이다. 아주 이 세상 그림은 저 홀로 다 그리고 있는 모양이다. 그러고 나선 같이 좀 잘해 보자고 한마디 하러 갔을 뿐인데 초장부터 말을 툭 자르고 다음에 혼자 당번을 서면 되지 않느냐는 식, 그녀가 말하는 다음이 정확히 언제인지도 불투명하거니와 그런 식으로 움직이면 당번제 자체가 유명무실해져서 체계가 흩어지는 문제도 있으며 누가 보면 고작 재활용 폐기물 문제로 왕따라도 시키는 줄 알겠다…….

고작이 아니었다.

세상 어느 살갗에 앉은 티눈도 어떤 버려진 선반에 쌓인 먼지도, 그것이 모이고 쌓였을 때 고작이라 부를 수 있는 것은 하나도 없었다. 다른 큰 바람이 있는 게 아니라 조효내가 그걸 좀 알아줬으면 싶었다.

급한 맘으로 선을 거칠게 그어 나가다 어느 순간 에이포 용지 속 어린이의 포동포동한 볼 살이 끊기면서 툭 부러진 2B 연필심이 다림이의 얼굴로 날아갔다. 그것이 눈으로 튀는 줄 알고 효내의 입에서는 순간 절규에 가까운 외마디소리가 나왔지만, 다행히 젖병을 쥔 손에 맞고 바닥을 굴렀다. 얼굴로 가지도 않았는데 다림이는 공연히 손등으로 제 뺨을 비비며 젖병 꼭지를 질겅질겅 씹고 앉았다. 깎아 낸 색연필 찌꺼기부터 지우개 가루에 색색의 종잇조각까지 이미 방 안은 다림이에게 위험 요소로 가득했지만 효내는 뻗은 손이 아쉬워 굳이 연필심만을 잽싸게 주워다 휴지통에 털어 넣었다. 오늘 중으로 기획사에 스케치를 보내서 컨펌을 받기로 했지만 쉽지 않을 듯했다.

이제 다림이도 17개월이 됐으니 이유식 중심으로 식단을 완전히 바꾸고 분유를 끊어야 하는데, 식습관 잡자고 씨름할 여력이 없어 효내는 그냥 젖병을 찾는 대로 넘겨주고 만다. 비명이나 울음이 조금이라도 덜 나야 작업에 집중할 수 있다. 아직 대화를 주고받을 수 있는 나이는 아니니, 마주 앉혀 놓고 엄마가 분명 앞에 있다는 사실만 확인시킨 상태에서 가끔 눈만 마주쳐 준다. 둘 사이에는 가로로 긴 좌식 책상이 놓여 있고, 유아용 식탁에는 통 손대지 않은 브로콜리 소고기 죽이 녹말 더께가 앉은 채 식어 가고 있었다. 그렇다고 양껏 젖병을 비운 것도 아니다. 다림이는 효내와 눈이 마주치자 끼룩거리며 박수를 하다 반쯤 빈 젖병을 내동댕이쳤고, 젖병은 반쯤 진행된 스케치에 침과 분유를 뿌리면서 효내의 이마를 친 뒤 바닥에 굴렀다.

효내는 젖병을 줍기보다 티슈를 뽑아 스케치에 묻은 오물을 신속히 닦아 냈다. 그럼 그렇지, 아이는 눈앞에 엄마가 있다고만 해서 안심하지 않는다. 엄마는 끊임없이 상대를 해 주어야 한다. 웃거나 울거나 표정을 괴상하게 웅그려 보이거나 노래를 불러 주거나 뭐가 됐든 최소한 눈을 맞춰 주어야 한다. 효내는 책상 앞에 화구를 펼쳐 놓고 앉아 있더라도 자신의 그림을 내려다볼 수 없다. 가끔 곁눈질할 수 있는 거라곤 무심코 눈에 띄는 헤드라인의 기사를 클릭하게 되는 스마트폰 화면 정도가 전부, 그건 집중이나 전념을…… 그 어떤 밀도나 견고하고 아름다운 확신을 필요로 하지 않는 행위다. 다림이가 유아 의자에서 팔을 뻗으며 제 몸을 들썩이기 시작했다. 조금 뒤에는 울음을 터뜨릴 테고 엎어지기 전에 저 죽 그릇부터 치워야 한다. 퇴근 시간 전까지 스케치 컨펌은 불가능하겠지. 역시 내일 아침을 기약하고 밤샘 예약이다.

다림이가 태어나고 얼마 안 됐을 때 효내는 산후조리원에서 시큰거리는 손목을 아대로 고정하고 그림을 그렸다. 예정일을 잘 계산하여 출산을 앞두고 걸려 있던 모든 외주를 마친 뒤 새로운 일 받기를 일시 중단한 참이었는데 사람 일이란 뜻대로 흘러가지 않는 법이라, 전년도에 회사 내부 사정으로 출간이 지연됐던 책이 뒤늦게 후반 작업에 들어간다며 그림 수정 요청이 들어왔기 때문이다. 본격적이고 대대적인 작업을 할 게 아니어서 상낙이 갖다준 간단한 붓 세트와 물감으로 수정을 시작했다. 방 안에 안료 냄새가 퍼지고 문틈으로 새어 나가자 간호사들이 신생아들 호흡기에 영향을 미치므로 중단해 달라고 부탁했다. 선불 완납한 조리원에서 조기 퇴원할 수도 없어 효내는 신생아실에 들여보낼 모유를 대량으로 짜 놓은 뒤 그림 도구와 휴대용 유축기만 갖고, 착즙기에 들어간 시든 포도 같은 몸을 이끌어 화실로 갔다. 그렇게 지내기를 이틀째, 간호사실에서는 아기 예방접종일도 아닌 날에 산모님이 나이롱 교통사고 환자처럼 자꾸 임의로 들락날락하셔서 외부 세균을 묻혀 오시면 조리원 위생 관리가 어렵다며 당혹스러워했고, 효내는 결국 납부한 금액의 3분의 1을 돌려받아 아흐레 만에 퇴원했다. 아직 30대 중반의 몸이기도 하고 산모가 손목을 쓰면 큰일 난다는 어른들의 우려처럼 심각한 손목 터널 현상은 당장은 발생하지 않는 듯싶었으나, 후유증은 신대륙을 정복하는 이주자처럼 시나브로 효내의 몸을 파고들더니 어느 날 거기 완전히 정착했다.

마우스와 태블릿으로 전환한대서 이미 결딴난 손목이 극적으로 좋아지는 것은 아니었지만, 손목 외에 재료며 여러 다른 이유로 봐서도 전면 컴퓨터 작업으로 옮겨 가는 게 유리할 터였다. 그러나 작업 환경을 바꾼다는 것은 말처럼 쉽지 않았다. 그 전까지의 인생 방식을 교체하는 것과 다를 바 없었다. 서서히 옮겨 가며 익숙해지기까지 시행착오를 거쳐야 하는데 그러자면 화풍이나 선이 변하면서 클라이언트에게 좋은 소리를 못 듣고 일감이 끊길 가능성이 있었다. 안 그래도 출산과 육아로 그림 한 점당 작업 기간이 길어지고 한 작업과 그다음 작업 사이의 텀 또한 벌어지는 효내로서는 시도하기 어려운 일이었다.

물론 지금까지도 그림을 스캔하고 그래픽 보정 작업을 위해 고사양 컴퓨터와 전문가용 태블릿을 써 오기는 했다. 그러나 그것이 언제라도 전면 컴퓨터 작업으로 옮겨 갈 준비가 되어 있다는 뜻은 아니었다. 환상적인 그래픽 툴이 개발되면서 채색에 있어서는 각종 재료와 붓 터치 질감을 표현하는 한편 밑그림 선화의 필압까지 조정할 수 있었고 배경에 깔리는 화지의 종류와 그에 따른 패턴 및 엠보싱 비율도 지정할 수 있었으며 대부분의 결과물은 사람이 직접 종이에 그린 것과의 미묘한 차이를 알아차리기 힘들 정도였지만, 효내가 그렇게 할 수 있기까지는 다른 어린 친구들의 두 배에 이르는 시간 이 필요할 것이었다.

거기에 그림 좀 그린다 하는 사람이면 아무리 기가 막힌 툴로 그렸더라도 컴퓨터 작업과 수작업의 차이를 알아챌 수 있었는데, 어떤 이들은 무엇으로 그리든 상관없다 하고 오히 려 수정과 미세 색상 변경이 레이어 단위로 수월하다는 점에 서 전면 컴퓨터 작업을 선호하는 추세도 늘었지만, 자신의 화 풍을 고려해서 문명의 이기 개입을 최소화하거나, 상업 출판 물의 경우 대상 독자에 따라 아직까지 전면 수작업을 선호하 는 사람들도 있었는데 효내는 후자였다. 굳이 비교하자면 현 악 사중주곡을 미디로 찍는 것과 같았다. 아무리 바이올린과 유사한 음색을 내는 고성능 미디로 찍어도 사람이 직접 활을 잡고 켜는 스트링 연주에 비할 바 아니었다. 컴퓨터가 구현하 지 못하는 원료의 신성성이라는, 고식적이며 고답적인 일종 의 신화에 가까운 믿음으로 효내는 상반신 전체를 쥐어 비트 는 통증을 참고 때론 다림이에게 수유를 하면서, 때론 고열이 끓는 다림이를 업고 재우면서 수작업을 고수하는 것이야말로 양보할 수 없는 성취감과 현시욕의 일부를 구성하는지도 모 르겠다는 생각을 했다.

그러다가 수작업에 회의를 느낀 결정적인 순간은, 자신의 건 강 한계나 급변하는 환경 때문이 아니라 다림이를 통해 왔다.

이 꿈미래실험공동주택에 이사 오기 전, 다림이가 기어 다니기 시작했을 무렵이었다. 교통 조건이나 환경 측면에서 딱히 유리할 것 없는데도 결코 낮지 않은 경쟁률을 뚫고 꿈미래실험공동주택 입주자 모집에 당첨되고 나서 몰려드는 기대감이나 안도감으로 살짝 긴장이 풀려 있었을 때였다. 효내가 유축을 해 놓고 소파 모서리에 머리를 기댄 채 깜박 조는 동안 다림이가 물감 튜브를 입에 넣었다. 구겨지고 비틀려 살짝 찢어진 튜브 밖으로 물감이 흘러나왔고, 효내가 잠결에 소스라치며 깨어났을 때는 다림이의 입과 손이 파랗게 물들어 있었다. 비명을 지르곤 그대로 아이를 싸안고 뛰쳐나갔다. 공포에 질려 울부짖는 여자와 그녀 품에 안긴 아기를 보고, 마침 지나가던 사람이 문답무용으로 자신의 콜택시를 양보했다.

응급실에서는 다림이의 입속을 씻어 내고 이것저것 찍어 보고 피를 뽑아 보고 하더니 내린 결론이, 아이를 그 자리에서 바로 토하게 한 게 아니라 시간이 다소 지체되면서 이미 소화 단계로 넘어간 듯하다는 것이었다. 의사는 발진이나 염증 등 다른 이상이 나타나지 않으니 유독성 물질을 많이 삼킨 것 같지 않다고 판단되는데 하루 두고 지켜보는 게 어떠냐고 권했다.

— 애들 뭐 이것저것 많이 먹고 와요. 그중 긴급은 동전이나 주사위 같은 거 삼켰을 때고, 액체가 식도 말고 다른 데로

넘어갔을 때. 락스 같은 위험한 거 삼켰을 때. 모래나 먼지, 휴지 같은 건 조금 먹었다고 큰 문제 안 생기고 변으로 나오는 거 보면 되고요. 엄마가 용기에 따로 담아 둔 투명한 젖병 전용 세정제를 애가 물인 줄 알고 마셔서 달려온 적도 있는데 아무 일 안 생겼어요. 어머님 지금 보시면 애 입가가 파랗게 물들고 하니까 큰일 난 줄 알고 깜짝 놀라신 건데, 생각만큼 많이 안 먹었을 거라는 얘기예요. 입가에만 묻었을 수도 있고, 애가 물고 있다 뱉기도 하고, 얼마든지 그럴 수 있거든요. 이상 있으면 애가 토하거나 설사하거나 열나거나 피부 발진이 돋는데 지금 그게 없어요. 혈액 검사에도 특별히 이상 소견이 없고요. 아까 애가 많이 운 건, 그게요, 어머님이 침착하셔야 하는데 도리어 더 크게 소리 지르고 울고 하시니까 놀라서 따라 울지 않았을까 싶은데요. 일단은 수액 맞던 건 그냥 한 팩 다 맞고 가죠. 어차피 아이도 혹시 나쁜 게 체내에 있으면 몸 밖으로 대소변을 많이 배출하는 게 좋으니까요.

팽팽히 당겨졌던 신경이 새총처럼 퉁겨지며 효내는 그 자리에 주저앉았다. 아이가 수액을 맞으며 잠든 동안 효내는 급한 불을 끄고 나니 나무와 새를 비롯한 동화 속 세계에 대한 구도 구상을 얼른 마치고 싶었고, 이 순간만은 인생의 모든 요소가 나무와 새로 이루어져 있다고 진심으로 믿고 싶었으나, 곧 휴대전화에서 깜박이는 현실의 불빛에 집중할 수밖에 없었다. 퇴근 후 모녀가 집에 없는 걸 보았을 상낙이 남긴 부재 중 전화가 스무 통이 넘었고, 시가와 친정에서 앞서거니 뒤서거니 교차하여 열몇 통이 도착해 있었으며, 출판사에서 온 게 한 통이었다. 집 안을 아사리판으로 뒤집어 놓고 나간 효내와 연락이 안 닿자 상낙이 '다림 엄마가 혹시 거기 갔느냐'고 묻는 바람에 양가에서도 수차례 전화가 걸려온 모양이었다.

효내가 정신을 차리고 전화로 상황을 설명한 뒤 상낙은 별일 아니었으니 안심하시라는 연락을 양가에 넣었는데, 애엄마가 대체 애를 안고 집 아닌 어디로 사라졌던 거냐는 어른들의 집요한 추궁에 사실을 밝히지 않을 수 없었고, 기겁한 양가 부모님은 다림이한테 결국 별 탈 없다는 말도 들은 척 만척 각각 용인과 김포에서 마포까지 달려왔다.

먼저 도착한 시어머니는 망설거리다 그…… 애들 동화 그림이라는 거 꼭 지금 그리지 않으면 안 되는 거냐며 효내에게 완곡하게 보호 책임을 물었고 ─ 평생을 정부 소속 기관의 근면 성실 투명한 월급 생활자로 지낸 남편만 보고 살았던 시어머니는 프리랜서의 정의를 '언제라도 내킬 때 일할 수 있는 사람'이자 심지어는 납품 즉시 입금이 꼬박꼬박 이루어지는 1인 평생직장으로 알아서 둘이 버는데도 늘 돈에 쪼들리는 아들 부부를 이해하지 못했는데, 후자는 몇 년에 걸쳐 효내가 몸소 사실을 바로잡아 보였지만 전자는 도무지 설명할 길이 없었다. 그러자면 녹록지 않은 사회 구조와 급변한 문화 환경부터 개괄해야 했다. ─ 한발 늦게 도착한 효내의 엄마는 사부인을 발견하고선, 지지리 돈도 안 되는 그림 처그릴 때부터 알아봤다느니 엄마가 돼 갖고 새끼 입에 뭐가 들어가는지 눈여겨도 안 본다느니, 오히려 더 펄펄 뛰며 딸의 등짝을 때렸다. 애가 옆에 있는데 잠이 오냐? 잠이 와? 이런 정신머리로 그 오지에 가면 너 혼자 뭘 애를 볼 수 있어, 그러게 좋은 말 할 때 엄마 옆으로 이사 오랬지. 그러자 시어머니는 민망함과 난처함이 뒤섞인 얼굴로 사부인을 말리면서 ─ 우리 옆이어도 저는 괜찮은데 요즘 용인이나 김포나 집값이 말이 아니니까요. 어딘들 마포 중심가보단 가격이 낫겠지만 이 친구들은 그마저도 없다 하니 거기 들어간다는 거고 저희가 돈 줘 가면서 서울 있으라 하고 싶어도 아범의 누이 결혼도 걸린 데다 형편이 이리 모자라 여의치가 않네요. 그래도 나라에서 지어 준 집이라니까 영 엉망은 아니겠죠 ─ 인프라가 부족한 데로 떠날 예정인 아들 부부와 다림이의 안전에 대한 우려를 감추지 않았다. 응급실 간호사가 다가와 베드 하나에 여럿이 달라붙어 소란을 피우시면 다른 환자분들께 피해가 된다고 부탁하는 걸 핑계로 상낙은 두 어르신을 모시고 나가는 데 성공했고, 효내는 그 자리에서 폭발하지 않을 수 있었다.

그런 사고를 치르고 나서도 효내는 이번 책까지만…… 다음 책부터……를 입속말로 반복하며 작업 환경을 개혁하기를 차일피일 미뤄 왔다. 출산과 함께 서서히 연락이 끊기면서 몇 안 남은 동료들의 경험담에 따르면, 어지간해선 익숙한 방식을 버릴 수 없으며 특히 유아 도서의 경우 풍부한 색감과 다양한 질감을 표현하기 위해 컴퓨터로 해결되지 않는 콜라주에 판화에 조형물 등 여러 재료와 기법을 폭넓게 사용하므로 더욱 그리 되더라는 거였다. 효내는 자신이 결코 덜되었거나 게으르지 않음을 확인하고 작게 안도의 숨을 몰아쉬었다.

결혼과 출산을 통해 개선된 점이라곤 단 하나, 그림 값을 제때 못 받아 동동거리고 핫식스니 레드불로 일용할 양식을 삼으며 밤을 버티는 와중에 그래도 너는 네가 좋아하는 일을 하잖니 너는 자유롭잖아 같은 푸념을 친구들한테서 더는 듣지 않게 되었다는 사실이었다. 그 외에는 모든 것이 암전이었고, 기혼 유자녀 친구들은 출산 축하 인사와 아기 내복 선물에 이제 너도 우리와 같다는 승리감과 고소함을 담아 건넸으며, 그러고 나선 피차 육아에 치여 소식을 주고받지 않게 되었다. 그렇게 시간이 흐르는 동안 효내는 그전에 친구들이 하던 행동 ─ 마주 앉은 무관계한 상대방이 바로 이 환난의 원인을 제공하기라도 한 양 억울하다는 표정으로 스스로의 불운한 선택과 그 결과를 전시하는 일 ─ 을 다른 독신 및 딩크족 동료들에게 자신이 그대로 하고 있음을 깨닫고 그들과 의도적으로 거리를 둔 뒤, 자신에게 남은 거라곤 다림이밖에 없다는 초조감과 자괴감을 중화하기 위해 의뢰가 들어오는 일들의 대부분을 거절 않고 악착같이 받아 매달렸으며, 화장실에서 이삼 분가량 휴식을 가질 때면 자유네 마네 같은 말을 들으며 남 속도 모르는 질시와 부러움을 받던 시절이 차라리 나았다는 부질없는 생각을 하곤 했다.

전집 회사마다 담합이라도 한 듯 언제나 이쪽에서 예닐곱 차례 독촉하기 전까지 감감무소식인 결제 방식에는 이골이 났고, 어느새 한 줌 남은 동심과 그동안의 애증을 연료 삼아 대량의 매절 그림을 뽑아내는 데 익숙해진 효내는 새집으로 이사를 한대서 인생의 터닝 포인트가 되리라는 기대는 하지 않았다. 집이란 거기서 무언가를 이룩하기 전까지는 그저 물리적 공간일 뿐이어서 보금자리 같은 낯간지러운 의미를 부여하고 싶지 않았다. 추첨에 응모한 동기의 90프로가 더 이상 서울 중심가에서 버티기 힘든 전세금에 있었으며, 상낙은 출근 시간을 최소 30분 앞당겨야 하므로 뭐 대단한 이익을 누릴 상황도 못 되었다. 다만 평균 30년 이상 된 빌라와 원룸만 전전하며 누적된 피로를 풀고 기분을 환기하는 데엔 도움이 될 터였다. 이런 기회가 아니면 경기권의 갓 지은, 그것도 나라에서 제공하는 집에 평당 최하 수준 미만의 전세가로 살아 보는 경험은 할 수 없었다.

비슷한 생각을 했을 많은 커플들의 참여를 보고 기대하지 않았는데 당첨됐다. 갖추어야 할 서류의 양은 밑져야 본전이라는 마음으로 준비하기엔 번거로운 것들이었다. 청약저축을 포함한 전체 자산의 규모와 재산세, 소득세를 비롯한 각종 세금 및 보험료에 국민연금 납입 상황과 이력은 물론 직업이나 일터의 세부 내역을 넘겨야 했고, 부부 양쪽과 그들 자녀의 건강진단서 또한 필수였다. 그중에서도 특히 자필 서약서가 크리티컬 히트의 요소였는데 그 내용은 이랬다. 이와 같은 실험공동주택을 나라에서 만들게 된 까닭은 더 이상 바닥이 없을 정도로 가파르게 깎여 내려온 출생률에 있는 만큼, 이곳에 들어갈 유자녀 부부는 자녀를 최소 셋 이상 갖도록 노력하겠다는 것이었다. 때문에 입주 신청서를 낼 자격은 이미 자녀가 1인 이상 있는, 즉 인구 생산 능력이 증명된 만 42세 미만의 한국 국적을 지닌 이성 부부에 한정되었다. 우대 조건은 기존에 자녀를 2인 이상 둔 부부, 더불어 둘 중 한 사람만 직장에 다니는 부부로 명시되어 있었다. 보통의 사회복지 제도에서 조손 가정과 한부모 가정 맞벌이 가정 차례로 우선순위를 두는 경우와는 대조적으로, 그만큼 목적이 분명한 공동주택이었다.

그러나 사람의 육체는 나이와 무관하게 그리 뜻대로 되는게 아니라 이미 자녀가 있더라도 둘째 셋째까지 쉽게 생긴다는 보장은 없으므로 필요한 경우 시험관아기 시술 비용도 신청해 환급받을 수 있고, 다방면의 노력 끝에도 거주 10년 이내에 자녀의 수가 셋(임신 포함)을 달성하지 못할 경우 그때는 퇴거하면 그만이었다. 그 전까지 최저 전세가로 누린 이익이나 생활하면서 피치 못하게 아파트를 노후하게 만든 비용을 토해 낼 필요는 없었다. 다만 그러자면 그동안 부부 쌍방이 병원을 꾸준히 다니며 노력했다는 진료 내역서를 제출해야 했다. 그런 증명이 없으면 서약 의무를 고의로 불이행하거나 불성실했다는 것으로 보고 그 전까지의 아파트 사용료를 제시된 기준에 맞게 물어야 했으므로 효내는 처음 당첨 사실을 알았을 때 덜컥 겁이 나기도 했다. 셋이나…… 낳을 수 있을까?

그러나 아이엄마들이 많이 모인 인터넷 카페의 반응을 보니, 안 되면 그만이지 어떻게 강제 집행하겠느냐 지금 눈앞의 일을 생각하면 나중에 얼마 물어내는 정도는 무섭지 않다며 대수롭지 않게 여기는 얘기들이 많았다. 그런 과감한 의견들, 괄호로 생략된 듯한 미래를 떠올리니 효내는 어느새, 그림을 가능한 한 늦게 입고하며 인쇄기가 돌아가기 직전까지도 며칠만, 몇 시간만 하고 말미를 얻느라 분투했던 날들이 떠오르면서, 약속이란 반드시 지키라고 존재하는 게 아니라는 듯 사람들이 내보이는 무책임이란, 조금 늦은 마감이나 그보다 많이 늦는 대금 결제 같은 것과 다를 바 없는 수준이라는 다소 한가로운 마음이 들었다. 어차피 세상에 약속이나 시간을 칼같이 지키는 사람은 회중시계를 품에 넣고 산책을 나가는 칸트 말곤 없을 테며, 그리 믿음직스럽지 않은 국가에서 처음 시작하는 사업인 만큼 여러 가지 시행착오도 뒤따를 테고 관리 집행이 잘 안되거나 정권이 교체되면 사업 자체가 흐지부지될 수도 있었다. 그러는 동안 기회비용을 세이브했다가 나중에 사정 안 맞아 이사 가면 그만이지 않아요? 어차피 완전히 공짜로 사는 것도 아닌데 그걸 먹튀라고 비난할 자격이 누구한테 있어요…… 정부에서는 시범 케이스로 한두 군데가 잘되면 각 지역별로 꿈미래실험공동주택을 확장한다며 의욕을 보이지만, 지역 사업이다 축제다 경제 활력을 제고한다 하면서 사업만 따냈다가 길바닥에 무의미하게 흘린 돈이 한두 푼도 아니고, 이 나라에서……. 불안을 위안으로 포장하는 일은 생각보다 쉬웠다. 눈꺼풀을 감아 버리면 되는 일이었고, 어쩌면 눈꺼풀을 감기보다 간단할지도 몰랐다.

그렇게 이사를 왔을 때 효내는 1분기에 먼저 입주를 마친 신재강 홍단희 부부와 고여산 강교원 부부를 보고 인사를 나눴다. 두 집안은 안면을 트고 넉 달간 밀착하여 고요한 생활을 하면서 이미 친근한 관계가 형성된 것 같았으므로 효내는 자신이 낄 자리가 없으리라 여겼고, 홍단희와 강교원이 환하게 웃으며 반겨 주는 모습 또한 낯설고 쑥스럽기까지 했으며, 자신이 수채화 위에 뜬 한 방울의 유성 물감 자국 같다는 생각에서 벗어나지 못했는데, 그런 예상은 도착 당일로 사실 비슷이 되었다. 세 번째 입주 가족을 맞이하다 홍단희는 효내의 아이가 아직 한 명이라는 사실에 놀라워하며 "여기 아이 둘이 기본인데 이런 경우도 있군요. 잘됐네요!"라고 아무런 악의를 품지 않은 표정으로 감탄했고, 조금 지나고선 효내가 프리랜서 일러스트레이터라는 사실을 알자 이렇게 평했다.

"여기 외벌이가 우선순위였을 텐데 어쩌면 이렇게 운이 좋으세요? 차라리 로또를 사셨어도 좋을 뻔했네요."

물론 효내는 자신의 소득 금액이 유의미한 규모가 아니며 무엇보다 4대 보험이 적용되는 직장에 다니지 않으므로 자신의 일이 노동으로 간주되지 않는다는 사실을 알고 있었고, 서류상으로도 아무런 하자가 없었다. 한때 같이 일했던 선배의 경험담을 통해 외벌이니 맞벌이니 구별하는 방식이 얼마나 주먹구구식으로 후려쳐지며 귀걸이 코걸이식의 허점 또한 많은지 익히 알고 있었다. 선배는 효내와 비슷한 일을 했고 남편이 고등학교 교사였는데, 구립 어린이집에 입소 대기 서류를 내자 맞벌이 가정이 아니면 서류 접수도 불가하다는 대답을 들었다. 선배는 전년도 소득세 서류를 들이밀며 매달 건보료 및 국민연금을 남편과 별도로 납부하는 엄연한 맞벌이 부부라고 증명했으나, 어린이집 측에서는 돈을 10원 벌든 1000만 원을 벌든 상관없으며, 불시에 감사가 나왔을 때 무사 통과하는 서류는 어느 회사에 다닌다는 재직 증명서뿐이라고 강경하게 나왔다는 거였다. 결국 선배는 외주를 몇 번 받은 전집 기획사의 총무팀에 아쉬운 소리를 해 가며 '외부 기획 위원으로 본사 근무 중'이라는 애매모호한 내용의 재직 증명서를 떼어 제출했다고 한다.

그러니 효내의 경우는 반대로, 일하지 않는다는 증명을 굳이 할 필요가 없는 것이었다. 효내는 훗날 정계에 진출하여 사돈의 팔촌까지 만천하에 털릴 예정도 없으니 이 정도 비리는 아무런 문제도 아니었고 실상 비리라고 볼 수도 없는 것이, 외벌이가 우대 사항일 뿐 필수 요소가 아니니 기초 자격 조건 충족 여부에 대해 거리낄 데가 없었다. 그러나 이미 완벽한 요건을 갖추고 들어와 있는 이들의 눈에는 효내가 받은 혜택이 거의 특급 대우처럼 비치거나 최소한 고까워 보였을지 모르므로 효내는 필요 이상으로 그들과 접촉하여 건수 잡힐 일을 제공하지 않겠다고 입주 첫날부터 다짐했었다.

그러고 나서는 매번 오늘과 같은 식이었다. 홍단희는 공동 주택의 입주자들이 일상을 긴밀하게 나누며 외부 세계와 다소 떨어져 있다는 데에서 비롯하는 관계의 허기를 채워 나가길 바랐고, 효내는 그녀의 전달 사항이나 합의된 부분을 고의로 무시하는 건 아니지만 어쨌든 자신이 모임이라든지 협동이나 회의나 공동 폐기물 처리 같은 것에 신경을 덜 쓰는 것도 사실이긴 했다. 홍대 앞 빌라에서 살 때는 처지가 비슷한 전세 난민들끼리 가능한 한 서로 터치하지 않고 지냈는데, 실험공동주택이라는 이름이 붙은 이곳에서는 빌라와 규모 차이도 별로 없건만 '공동'이라는 이름이 유난히 강조되는 느낌이었다. '실험'은 어디에 있는지 잘 알 수 없었고 거기 관심 가질 형편도 아니었다.

그러던 중 네 번째 입주 가족이 등장했으니 홍단희가 그쪽에 몰입하길 바라는 마음도 있었고, 입주자 환영 자리에 자신이 굳이 가지 않아도 될 듯싶었다. 무엇보다도 며칠 밤을 도려내 가며 몰아친 작업으로 노그라진 몸과 마음 또한 진짜였다. 그림 작업을 하면서는 이 세상 어딘가에 젖병이나, 간소고기랑 불린 쌀을 넣고 끓인 이유식이나, 그것을 숭고한 과업이라고 주입시키는 목소리들과, 플라스틱 폐기물이며 공공의 이익을 위한 회의 같은 것들이 존재하지 않는 어떤 장소가 있을 것만 같다는 생각이 들지만, 하나의 작업에 일단 마침표를 부실하게나마 찍고 나면, 세상 그 어떤 소음과 음식물 찌꺼기 위에 드러누워서도 잠들 수 있을 것만 같았다.

그 와중에 새로 이사 들어온 서요진 부부가 자신들과 마찬가지로 자녀가 아직 한 명뿐이더라는 얘기를 잠결에 남편

목소리로 전해 듣고 조금 마음이 놓였다. 안심보다는 어쩐지, 눈앞의 무엇에든 누구에게든 격하게 동의하고 싶어지는 공감의 욕망에 가깝기는 했지만.

"엇차, 그럼 신세 좀 지겠습니다."

경쾌하고도 능청스러운 추임새를 넣으면서 신재강이 옆자리에 탔다. 처음에는 뒷자리 문을 열었다가 일이 초 정도 망설이는 듯싶더니 문을 닫고 다시 앞자리로 온 걸 보면 신재강 역시 요진만큼이나 이 상황이 부담스러운 듯, 자신이 최소한의 상식은 있는 사람임을 어필하려면 어떤 액션을 취해야할지를 고민한 모양이라 여기며, 요진은 난감한 표정을 얼굴에서 닦아 내고 말없이 시동을 걸었다.

신재강네 SUV가 약간의 접촉 사고로 인해 센터에 들어갔다 하니 그럼 저의 집사람과 카풀로 출근하시라는 이야기를 선뜻 먼저 꺼낸 쪽은 요진의 남편 은오였다. 요진은 순간 입

밖으로 낼 뻔했다. 집사람 좋아하네. 내가 나가는 사람인데 누구더러 집사람이래. 아니 지금 그게 중요한 게 아니라……. 정말이지 그 타이밍에 요진 말고 시간과 상황이 알맞은 이가 없음을 은오도 바로 눈치 챘기에 나섰을 터다.

요진이 일하는 약국은 신재강이 다니는 시내 중심가의 회사와 버스로 다섯 정거장 거리로, 서울에 진입하여 북쪽 끝까지 올라가며 출근 시간대조차 다른 손상낙이나, 아예 경기도에 일터를 두어 도로 타는 방향부터 반대인 고여산에 비해 훨씬 가까웠다. 또한 병원의 오픈 시간을 생각하면 신재강을 회사 앞에 내려 주고 제 일터로 갈 만큼 요진의 출근은 여유로웠다. 평소보다 10분만 일찍 움직이면 되는 일이었다. 요진으로선 곤경에 빠진 이웃을 위해 10분 먼저 나서지 못할 이유가 없었다. 물론 그 10분만큼 더 은오가 시율이를 빈틈없이 케어한다는 전제하에. 그러나 은오는 오늘도 여지없이 시율이의 양말이며 간식이나 어린이 치약의 위치를 물었고, 그것은 평소 그 물건들에 누가 더 자주 손대는지를 알려 주는 표지였다.

또 하나, 누군가를 출근길에 데려다주기로 먼저 마음먹고 말하는 쪽은 운전대를 잡는 요진 자신이어야 하는데 은오는 자신이 마치 출근하는 요진을 대변한다는 양, 요진의 의사는 자신이 결정한다는 듯이 선포하고 통보했다. 거기 요진이 동의하지 않으면 민망해지는 분위기를 만들었고, 요진더러 그래도 괜찮겠느냐든지 형편이 어떤지는 뒤늦게 물었다. 요진이 가로든 세로든 고개를 흔들 방향을 결정할 틈도 없이 홍단희가 이 대화를 덥석 물어 이야기를 정리했다. 그래 요진 씨, 마침 잘됐다. 자기가 좀 도와줘요. 여보, 가다가 기름 채워 줘야 해? 그 자리에서 생뚱맞은 표정으로 좌중을 둘러보면 요진 혼자 비협조적이고 정 없는 이가 될 판이었고, 요진은 자신이 휩쓸리고 있음을 알면서도 어 그러죠 그래요 아니 천만에요 기름은 무슨, 엊저녁에 가득 채웠는걸요, 했다. 차라리 요진 자신이 먼저 합승을 제안했더라면 그리 꺼림한 기분까지는 들지 않았을지도……를 생각하자, 객관적으로 정말 별것 아닌 일인데도 요진은 자신이 고작 선의를 드러내고 보장받기 위한 선후 관계에 집착하는 예민함의 결정체가 된 듯한 느낌이었다.

요진은 비서나 운전기사가 아니었으므로 신재강은 소위 사장님 좌석이라 불리는 뒷자리 오른쪽에 타기도 애매한 입장이었고, 그렇다고 남의 집 부인 옆자리에 타기도 모양이 우스울 터였다. 그 나름대로 이런저런 고민을 빠르게 한 끝에 결국 앞으로 옮겨 온 것은, 옆자리를 피하면 이 상황을 더 부자연스럽게 의식하는 것처럼 비칠 수 있으니 현명한 선택이었다. 부담스러울 것도 아니라 정말 일상에서 흔히 있을 법한 일이었다. 회사에서 야유회나 출장을 갈 때 여성 동료가 운전하는 옆자리에 앉아서 가는 경우와 다를 바 없었다. 이성적으론 그걸 알기 때문에 요진도 공연히 신경질적으로 보이고 싶지 않아 토를 달지 않았지만, 아파트 주민의 절반 이상이 지켜보고 있는 자리에서 배웅을 받으며 나란히 출근하는 기분은 또 좀 달랐다. 게다가 사람을 옆자리에 태우고 최소 40분은 달려야 하는데 요진은 무슨 대화를 나눠서 이 분위기에 윤활제를 쳐야 할지 감 잡을 수 없었다. 우리가 만난 지 며칠이나 됐지? 차라리 회사 동료라면 업무 얘기를 주고받든지 상사 욕이라도 하겠는데. 신재강 역시 비슷한 생각을 하는 듯, 넉살 좋게 차에 올라탄 뒤로는 달리기 시작한 지 10분 넘도록 볼 것도 없는 창밖을 내다보며 말이 없었다. 요진은 자신이 어느 자리에서든 그다지 친화력 있는 성격이 못 된다는 건 알았지만, 그의 아내 홍단희와 비슷이 일종의 공동체 리더나 되듯 보였던 신재강이 침묵을 지키니 공연히 어색했다. 그리고 요진은 자신이 왜 이런 생각을 하면서 출근해야 하는지 알 수 없었고 내면의 일부를 침해당한 느낌이었다.

"……음악."

라디오를 틀어 먼저 공기에 변화 주기를 시도한 쪽은 요진이었다.

"뭐, 좋아하시는 장르가 따로 있으실까요."

신재강은 그게 자신에게 건넨 말임을 몰랐는지 잠깐 가만히 있다가 화들짝 튀어 오르듯 대답했다.

"어, 취향대로 아무거나 트세요. 전 아무래도 상관없습니다."

"그럼 그냥 교통방송 들을게요."

"예."

교통방송에서는 실시간 교통 정보가 아니라 90년대 가요가 흘러나오고 있었다. 볼륨을 두 단계쯤 높일까 하다가 요진은 자신이 신재강과 아무런 대화도 할 게 없어서 공기의 교차를 차단하고 싶어 한다는 인상을 줄까 하여 조용히 줄여 놓고 은은한 백뮤직으로만 깔았다. 하나하나 생각할수록 자신이 하루 중 귀중한 혼자만의 시간, 출근길에 왜 타인과의 관계 고려 및 거리 유지에 힘쓰고 앉았어야 하는지 모를 일이었다.

"새집 어떻게, 많이 적응되셨어요?"

그런 와중에 신재강도 나름대로 대화를 이어 가기 위해 노력하고 있는 듯하여 요진은 과장되게 고개를 끄덕여 보였다.

"예 뭐, 새집이라 좋고 그 전보다 두어 평 넓어져서도 좋고요. 아무래도 공기도 괜히 다르게 느껴지고요."

이 정도면 무난하게 들렸으리라 생각하다가 아차 싶었던 게, 어쩌면 신재강은 집 자체뿐만 아니라 이웃 보시기에 입주민들의 인상은 어땠냐고 묻고 싶었던 걸지도 몰랐다.

"시율이가 그, 저건 좀 어떤가요, 민감한 아이들은 새집증 후군 같은 거 있잖습니까. 호흡기라든지 피부나 뭐나."

"저희 식구야 건설 즉시 입주한 게 아니니 그동안 공기 타고 유해 물질은 어지간히 빠졌겠지요. 별다른 이상 없어요."

이쯤 해서 요진은 자신도 상대방에게 관심을 기울이거나 안부를 물을 타이밍이라고 판단하며 덧붙였다.

"재강 씨네 그…… 아이들은 처음에 고생 좀 했던 건가요?"

불과 며칠 전에 보고 통성명한 아이들인데 이름이 바로 기억나지 않아서 요진은 두루뭉술하게 칭했다. 상대방은 발음이 쉽지만은 않은 시율이의 이름을 기억해 주었는데. 한 명과 두 명이 같을 리 없지만 이런 데서 성격 차이가 느껴졌다.

"작은애가 조금 그랬는데 큰애는 어느 정도 커 놔서 괜찮았어요."

그리고 다시 이어지는 침묵인가 싶더니 신재강은 처음 만났을 때와 비슷한 활기를 띠고 말을 이어 갔다.

"아이들 이야기가 나왔으니 말입니다, 지금 시율이도 어린이집이나 유치원 멀리 다니기가 애매하잖아요, 주변 상황도 썩 여의치 않고요. 제가 단희랑 여산 씨 부부랑 그전부터 의논했던 건데요, 대책 없이 각자 장난감 갖고 노는 것 말고요, 우리 아이들 모아 놓고 부모들이 돌아가면서 케어해 주는 활동 프로그램 같은 걸 짜 보면 어떤가 하는 얘길 나눴습니다.

옆에 흙 있으니 텃밭 같은 것도 가꾸고. 노래도 부르고 책도 읽어 주고 만들기도 하고 같이 밥도 해 먹이고. 여기서 물론 포인트는 애들한테 믿을 수 있는 깨끗한 밥 먹이는 데 있죠."

"아…… 그것도 괜찮겠네요. 마냥 놀려 두는 것보단."

"이왕 자연 속으로 들어왔으니 활용하는 게 좋겠다는 차원입니다. 그래서 혹시 프로그램이 대강 짜이면, 그 비용이 발생하는 부분에 대해 사전 갹출해도 이의가 없으신지, 마침 여쭤보려고요."

대개 터전이라는 이름으로 알려진, 자연환경이 좋은 곳에서 놀이 보육 중심으로 이루어지는 공동육아 어린이집의 경우 입소하는 데 드는 출자금만 보증금 조로 500이 넘으며 매달 납부하는 조합비만도 사오십에 이른다고 들었으므로, 그 정도 부담스러운 규모가 아니라 서로의 필요에 맞게 품앗이하며 합리적인 금액을 거둔다면 요진은 반대할 까닭이 없었다.

"예 뭐, 저야 별다른 계획이 없기도 했고, 남편에게 맡기느라 마음 쏠 여유가 없기도 했고……."

요진은 육아의 상당 부분을 담당하고 성실하게 관심을 기울여야 마땅한 쪽이 은오라고 명시하기 위해서는 아니었으나 자기도 모르게 조금 얼버무리며 방어적인 대답이 나왔다.

"당연히 예산은 영수증 처리하고 투명하게 집행할 겁니다. 단희가 그런 건 아주 철저하게 합니다. 유아교육을 전공했고

어린이집에서도 한동안 근무해서 프로그램 이것저것 훤하고
요. 뭐랄까, 제 부인이라서 하는 말이 아니라 피아노다 미술이
다 요리 같은 이런저런 잡기에 능합니다."

신재강의 말끝에 묻어 나오는 웃음의 흔적을 더듬어 요진
은 따라 웃었다.

"그걸 잡기라고 하시면 어쩌나요, 전문가라고 해야죠. 저는
단희 씨 같은 재능은 좀체, 뭘 빚는 손재주도 없을뿐더러 체
르니도 어릴 때 100번 치다 관둔 뒤로는 도레미 건반 위치나
겨우 아는걸요. 게다가 미술까지…… 대단하시잖아요."

"사실 미술 전문가는 따로 있긴 하지만 효내 씨는 회화 전
공이고, 우리 단희는 이런저런 공작 만들기 같은 거 어느 정
도 흉내는 내죠. 유아에게 손놀림을 가르치는 데 그 이상으
로 예술적 감성이나 재능이 필수인지는 잘 모르겠습니다만,
열두 가지 재주에 저녁 반찬 없다는 말도 있지 않습니까. 하
여간 수익을 내자고 하는 일이 아니라 마침 또래 아이들이 여
럿 있으니 좀 더 영양가 있게 놀자는 취지에서 오고 간 얘기
니까요, 뭔가 윤곽이 구체적으로 나오는 대로 공유하고 의견
묻겠습니다."

예산 문제의 벽 앞에서 꿈미래실험공동주택 사업에는 어
린이집이 우선순위로 포함되지 않았다. 차를 타고 10분 거리
건넛마을에 가정 어린이집이 하나 있고 20분 거리 시내로 나

가면 사립 유치원이 있었지만 모두 해당 지역민들을 위한 것이며, 기존 인구가 태부족인 상태에서는 그리로 몸을 끼워 넣어 보았자 양질의 보육을 보장하기 어려울 터였다. 첫 단추부터 잘 끼워야 한다는 속담이 있는 이유는, 이 세상 대부분의 첫 단추 앞에 생각할 수 있는 모든 시행착오의 구멍이 광범위하게 열려 있기 때문일 터였다. 그러니 분위기 봐서 느낌 좋으면, 인구가 늘어나서 수요도 높아지면 어린이집도 세워지는 것이고 그 전까지 초기 입주민들은 일종의 개척자이자 실험군에 불과한 셈이었다. 이 공간에 공동주택을 지어 놓은 이유는 어쩌면 지역 주민과의 점진적 화합 및 적응을 통해 공동육아의 요람을 스스로 마련하라는 의미일지도 몰랐다.

그런 의미에서 요진에게는 신재강의 말이 막연한 구상의 극히 일부로만 들렸다. 아이들을 한데 모아 놓고 돌봄이라니, 누군가가 본격적으로 총대를 메어 일단 저지르고 보자는 모험 정신을 발휘하지 않으면 시작하기 어려운 일이었다. 구체적인 계획을 세우고 예산을 짜고 실행에 옮길 때쯤이면 시율이는 초등학교에 입학할 무렵일지도. 그러고 나면 시내 초등학교까지 차로 태워다 주고 근처 학원이나 전과목 공부방에다 교습비 외에 간식비 좀 얹어 주고 종일반 뺑뺑이를 돌렸다가 퇴근길에 픽업하는 전쟁을 매일같이 하게 되겠지. 아니면 무리를 해서라도 중고차를 한 대 더 들여 은오가 데려오게 하든지. 어느 쪽이든 간에 시율이는 해당 사항이 없어질 터였다.

"그때 되면 요진 씨 부부도 함께하시는 겁니다?"

그러나 신재강은 사뭇 구체적인 그림이 나온 상태에서 일이 일사천리로 이루어지기라도 할 듯 다짐을 놓았고, 요진은 대강 고개를 끄덕였다.

"예, 제가…… 저나 남편이 할 수 있는 일이라면 뭔가 말씀해 주세요."

입을 열고 아이들에 대한 이야기가 나오기 시작하자, 요진은 비로소 끝나지 않을 것만 같던 출근길이 좀 견딜 만해졌다. 역시 아이를 키우는 사람들과 나누고 견딜 수 있는 최선의 대화 소재는 아이였다. 비슷한 입장과 상황에 놓인, 그러나 경제 수준과 사회에 대한 관심도 및 문화 향유 범위는 판이할 것이 틀림없는 사람들의 공통점이라곤 아이가 있다는 사실뿐이었다. 아이가 태어나고 나서야, 아이의 탄생으로 삶의 규모가 방만해지는 데 반해 재정은 축소되는 아이러니를 겪고 나서야 그 전까지 자신의 삶이 어디에 위치하고 있었던지를 새삼스레 확인하게 되는 사람들. 거기서 비롯하는 감정적 초라함을 상쇄하고자 끊임없는 전시와 비교에 집착하게 되는 사람들 간의, 유일하게 순진하고 투명한 연결 고리이자 중심 화제.

"이따 몇 시에 회사 앞으로 올까요? 약국이 8시에 문을 닫아서 좀 늦지 않을까 염려되네요."

신재강의 회사 앞에 도착해서 요진이 물었다. 이때쯤 요진은 주고받은 대화가 끊이지 않은 덕분으로 은오의 태도와 출발 당시의 정황에 대한 불편 내지는 서운함이 줄어든 상태였고, 이왕 며칠 태우고 다니기로 한 거 기분 좋게 오가면서 상대방에게 최소한의 우호적인 몸짓을 보이고 싶었다.

"회사 다니는 사람이야 출근만 칼이지 퇴근은 대중없죠. 번거롭게 여기 오실 거 없이, 제가 먼저 마치면 남은 일 좀 더 하다가 약국 앞으로 버스 타고 가겠습니다. 거기서 같이 출발하죠. 가다가 휘발유도 채우고."

"아, 그거 말인데요. 정말 괜찮아요. 그렇게까지 해 주실 거 없어요. 며칠이나 된다고."

"왜 이러실까요. 기껏 플래티넘 받아 왔는데 써야지, 오늘 이거 제가 안 긁고 들어가면 우리 단희 누나한테 한소리 듣습니다."

신재강이 차에서 내리며 시원시원한 미소와 함께 흔들어 보이는 은색 카드가 빛을 반사하며 한순간 반짝였다.

"그럼 회사 마치면 연락 주세요."

"아니, 저 먼저 끝났다고 부담 가지시면 안 되니까요. 약국 셔터 내리면 요진 씨가 문자 주세요. 시간 상관없습니다. 제가 그때까지 회사에서 어떤 방식으로 대기하고 있을지 신경 쓰지 않으셔도 되고요. 어차피 일이란 늘 쌓여 있으니까요."

이의의 여지가 파고들 틈이나 군더더기가 없이 깔끔하고 명료한 사람이었다. 세상에서는 흔히들 좋은 사람 내지는 일 잘하는 사람으로 일컬을 것이었다.

서로가 만난 지 길게는 반년에서 8개월에 불과하며 요진네는 이사 온 지 일주일밖에 안 됐고, 아직도 입주 예정자들의 전세 만기 사정상 공실로 대기 중인 집이 여덟 호나 있었다. 열두 집이 다 차면 그야말로 사람 사는 것 같고 복닥거릴 터, 날마다 어린이들의 울음과 웃음소리도 끊이지 않을 터였다. 그러자면 먼저 들어와 있는 사람들이 생활과 교육의 틀을 좀 잡아 주고 기반을 다져 놓자는 데에 의견이 모였다. 회의 장소는 신재강의 집, 불참자는 조효내와 강교원이었다. 조효내는 다림이가 토해서 그걸 치우고 아이를 재운 뒤에 나올 거라는 손상낙의 얘기가 있었고, 강교원은 둘째 세아가 열이 떨어지지 않아서 시내 병원에 데려갔다는 거였다.

"워낙 아이들이란 부모 사정 봐 가면서 아프고 그러지 않으니까요."

강교원의 남편 고여산이 말했다.

"게다가 꼭 한밤중이나 휴일에 응급실로 달려가게 만들고요."

30분 내로 또다시 분수 구토를 하면 다림이도 병원으로 옮길 생각이라는 손상낙이 거기에 동의했다.

"그래도 차라리 오늘 딱 날 잡아 버리는 게 낫습니다. 아이들이랑 어른들 형편 다 같이 괜찮아질 때까지 두고 봤다간 우린 올해가 다 가도록 모일 날이 없을 테니까요."

신재강이 너털웃음 묻은 말을 이어 갔다.

"오늘 얘기 못 들으신 배우자분들께는 각자 전해 주시면 됩니다. 전달 사항을 추후 또 정리해서 보기 편하게 출력해 드리겠고요. 그러면 우리 안건 계속 진행해도 되죠?"

"예, 다음 거 갑시다."

주로 신재강과 홍단희의 입을 중심으로 흘러나온 말들은 전용 차선으로 진입한 버스의 차바퀴처럼 분명한 목적지를 갖고 거침없이 달렸지만 동네 반상회만큼도 견적이 안 나오는, 구멍가게의 계 모임 정도 될까 말까 한 규모에 나머지 사람들의 분위기는 어수선하기가 이루 말할 수 없었다. 대학 시절, 몇 명 안 되는 사람들이 모여 서로 단 한마디씩만 주제에서 벗어나는 말을 시작해도 그 조별 과제는 참을 수 없이 더디게 진행되었고, 그때마다 중학생 과외 알바 시간이 촉박하여 냅다 뛸 생각에 요진은 조급해지곤 했었다. 물론 지금은 그때와는 달리 쓸데없는 말들로 인해 조바심치는 상황은 아니었다. 이 자리에서 오고 갈 그 어떤 안건이든 아이들을 위한, 아이들에 관한 일이었으므로 구토든 고열이든 궁극적으로는 모두 관계있는 잡담이 될 터였다. 자아가 발달하기 이전의 아이들은 먹고 자고 싸고 가끔 토하면서 새 살과 근육을 붙여 나가는 게 본연의 임무인, 생명을 유지하는 일에 충실한 생물 그 자체였으므로.

그러나 바로 안방에서 아이들이 노는 소리에 신경이 분산되고 대화의 맥이 줄곧 끊기는 것까지는 막을 수 없었다. 아이들은 살아 있고 움직이고 떠들었다. 서로를 때리거나 발을 걸어 넘어뜨리거나 울고 웃을 때마다, 목마르고 땀이 날 때마다 엄마를 찾았다. 아이들이 엄마, 하고 부르는 소리는 꼭 필요해서가 아니라 무심코 튀어나오기도 했고 그건 때로는 본능이나 반사작용 이전에 존재하는 자연법칙, 이를테면 심장 박동에 가까운 외침이었다.

이상한 일이었다. 그 상황에 아빠를 찾는 아이들은 아무도 없었다. 넘어져 무릎을 깨고 우는 아이도, 바퀴벌레를 보고 기겁하는 아이도, 세상 그 어떤 아이도 절박한 상황에서 엄마야!를 외치지 아빠나 오빠나 언니를 찾는 법 없었다. 문득 요진은 할아버지와 단둘이 살던 열 살 무렵의 일이 떠올랐다. 어느 날 마당에서 죽은 쥐를 밟을 뻔하여 자기도 모르게 엄마!라고 소리 지르자 당장 할아버지가 뛰어와 손녀의 공포를 수습해 주는 게 아니라 마른 손으로 등짝을 후려갈겼던 일이었다. 집 나가고 소식도 없는 어미를 찾는다는 이유였다. 자기도 모르게 나오는 외마디를 어떻게 막을 것이며, 이제 더 이상 엄마가 없다는 걸 수시로 상기하여 비명이 나올 때마다 그것을 재빨리 아빠야!나 할아버지!로 바꿔야 옳다는 것인지, 요진은 영문을 알 수 없었다. 자라는 동안 요진은 가끔 엄마! 라는 사람들 공통의 절규에 대해 고민했고, 그것이 '어머나' 라는 감탄사의 변형태라고 결론을 내렸으며 ― 그러나 어원의 선후 관계는 대개 불명이니 어머나 자체가 엄마에서 왔을지도 몰랐다. ― 좀 더 자라 대학 교양심리학 시간에 융에 대해 배우고서는 엄마!란 말 자체가 인류의 유전자에 새겨졌다는 집단 무의식의 일종인지도 모르겠다고 생각했다. 따라서 집단 무의식을 타파하기 위해 지금부터라도 실천 가능한 인류 공동의 노력이 있다면, 그녀의 조부가 그랬듯이 먼저 가정에서 어린이에게 유사시 엄마 아닌 아빠를 찾도록 꾸준히 종용하여 미래를 위한 유전자 조작을 천천히 진행시키면…… 엄마라는 관용어는 모두의 혀에 흔적기관으로만 남아……

쨍강, 안 그래도 이사 온 지 얼마 안 된 까닭에 회의 내용이 머리에 잘 와 닿지 않았으므로 온갖 공간을 하릴없이 떠다니던 요진의 상념은 유리잔 깨지는 소리와 함께 부서져 허공에 흩어졌다. 비상사태라는 판단 이전에 몸이 먼저 용수철처럼 튀어 올랐고 외침이 나왔다.

"안 돼, 손대지 마!"

시율이가 깨진 조각을 무심코 집으려는 걸 보고 요진은 소리 지르며 뛰어가선 멈칫했다. 아이들이 모두 겁에 질려 그녀를 올려다보고 있었다. 요진은 한순간 자신이 산들바람 한가운데서 사이클론이라도 포착한 양 수선을 피우는 사람이 된 것 같아 중얼거림으로 부연했다.

"엄마가 치울게. 이런 건 어른이 치우는 거야."

시율이가 안전 구역으로 물러나자 비로소 우빈이 손에서 피가 흐르는 게 보였다.

"많이 다쳤니? 괜찮니? 아줌마 좀 보여 줘."

그러나 우빈이는 아파서는 아니며 제 손을 타고 흐르는 핏빛 때문도 아닌 듯 입술을 실룩이다 뒤늦게 울음을 터뜨렸다.

"아이고 이런, 오늘 두 애가 모두 병원 신세 지려나 어디 한번 볼까."

고여산이 다가와 우빈이의 양 겨드랑이에 손을 끼고 들어 올렸다. 홍단희가 비닐봉지와 물에 적신 키친타월을 가져왔다.

"큰 조각만 조심해서 넣고, 파편이랑 가루는 물 묻혀서 닦죠. 요진 씨, 두세요. 내가 할게."

"아니, 같이 해요."

"이런 건 한 사람이 해야지 깔끔하게 끝나요. 괜히 여러 사람 다치면 안 돼. 얘들아, 요진 아줌마 뒤로 다 가 있어. 여기

발 딛지 말고 살살, 그렇지. 집도 우리 집이고 살림도 우리 거 깼는데 내가 하는 게 맞죠. 다 치운 줄 알았는데 언제 이런 게 여기 또 있었나. 내 잘못이네요."

"별거 아니네요, 그냥 살짝 스쳤어요. 박히지도 않았고. 물로만 싹 씻어 내면 되네. 저 욕실 좀 쓰겠습니다."

고여산이 심상하게 우빈이를 안고 욕실로 들어가 수도를 틀었다.

"그렇게 우는데 스쳤다고요?"

"하하, 얘가 운 게요, 아파서가 아니라 요진 씨가 소리치니까 놀라서, 자기가 뭐 잘못한 줄 알고. 이제 괜찮아요. 걱정 마세요."

모두가 이토록 침착한데 요진은 자기 혼자 호들갑이었나 싶어 얼굴에 열이 올랐다. 분명한 건 그 자리는 그렇게 어영부영 정리됐다는 것이다. 우빈이 우는 소리에 시율이도 목소리를 높여 일러바치듯 외쳤다. 쟤가요, 난 만지지 말라 했는데요, 쟤가 만지다 떨어뜨렸어요. 응 그래그래 알았어. 요진은 다른 사람들이 함께 있는 자리에서 자신의 아이에게만 눈을 맞춰 주기가 눈치 보여 건성으로 대꾸했다. 신재강은 웃으며 고개를 저었다.

"오늘 나온 얘기까지만 정리해서 돌릴게요. 나머지 사항은 체크 박스에 표시해서 저한테 주시면 취합 정리하겠습니다."

"번거롭게 만들어 어떡하죠. 제가 공연히 소란을 피웠나
보네요."

"아뇨 천만에요. 으레 아이들 함께 있으면 얘기 뚝뚝 끊어
지고 지지부진하게 마련이죠. 그보다는 애들 안전이 최우선이
니까요. 요진 씨 아니라 누구라도 그랬을 겁니다."

누구라도……. 그러나 일어나 소리친 것은 요진뿐이었다.
요진은 신재강이 자신의 뜨악한 기분을 알아차리고 풀어 주
기 위해 애쓴다는 느낌이 들었다. 고여산과 신재강 그리고 홍
단희는 자녀가 두 명이라 각종 작은 사고에는 비교적 익숙하
여 대범한지도 몰랐다. 손상낙은 이 자리에 다림이가 없으니
그리 섬세한 주의를 기울일 필요가 없었다 치면, 최소한 은오
는 먼저 움직였어야 하는 게 아닌가. 아비 된 자로서의 본능
이 있다면, 비록 그 움직임이 비경제적이고 비효율적이라 할
지라도. 그런 그들을 보고 나니 요진은 집단 무의식이고 유전
자고 하는 자신의 잡념이 얼마나 무의미했는지를 알고 실소
가 나왔다.

그나저나 가장 먼저 입주했다는 이유로 저렇게 적극적으
로 나서서 총대를 메고 주민 대표 노릇을 할 수 있는 건지,
남들과 어울리는 일 자체가 쉽지 않아 지금까지 연락을 이
어 오는 친구라곤 두 명뿐인 데다 학교에선 공책을 걷는 줄
반장 내지는 모둠장 정도나 돌아가면서 맡아 본 요진은, 이

사 온 첫날 홍단희가 이것저것 가르쳐 주려 하거나 끼어들지 못해 안달 내던 모습을 떠올리며, 그런 것도 나댄다고만 여길 게 아니라 좋게 보면 친화성이며 부부가 다 성격이 맞으니까 할 수 있는 일이겠다는 생각이 어슴푸레하게 들었다. 그러면서 문득 솟아오르는 의문, 자신은 과연 저들처럼 어디에나 투명하게 녹아들 준비가 되어 있는 백설탕 같은 사람인지, 어떤 바람 한가운데서도 눈에 띄게 흔들리지 않고 다만 가볍게 무용수의 팔다리처럼 리듬을 갖고 나부끼는 사람인지. 그런 성정이 없이도 능히 지켜 나갈 수 있는 일상으로 채워져 있는지, 현실의 공간은.

그리고 이튿날 받은 회람판의 체크 리스트에 요진은 있는 대로 동그라미를 쳐 나갔다. 아이가 함께하기를 원하는 활동. 텃밭 가꾸기. 음악 감상과 노래 부르기. 색종이 접기를 비롯한 각종 만들기. 그림 그리기. 율동과 타악기 다루기를 비롯한 신체 활동. 시즌에 따른 전통놀이. 책 읽어 주고 이야기 나누기. 이것도 저것도 어설프게나마 조금씩 다 진행할 수만 있다면 그 어느 어린이집도 부럽지 않을 것만 같았다. 어차피 유아교육 유경험자 한 사람을 제외하면 보통의 부모들만 있을 뿐이고, 체계적이거나 전문적인 수준을 기대하지는 않았다. 어린이들이 모여 어른 누군가의 보호 아래 활동을 같이 하고 시간을 보낸다는 사실만으로도 충분했다.

핵심은 시간을 보내는 데 있었다. 어떻게든 시간을 보내면서 체세포의 수를 착실히 불리는 거야말로 어린이의 일이었다. 그 어린이를 바라보는 어른의 일은, 주로 시간을 견디는 데 있었다. 시간을 견디어서 흘려보내고 다음 페이지를 넘기는 일. 그곳에 펼쳐진 백면에 어린이가 또다시 새로운 형태 모를 선을 긋고 예기치 못한 색을 칠하도록 독려하기. 그러는 동안 자신의 존재는 날마다 조금씩 밑그림으로 위치 지어지고 끝내는 지우개로 지워지더라도.

평일 낮 시간에 짐꾼으로 적합한 사람이라면 아무래도 은 오였다. 둘이서 홍단희의 차를 함께 타고 시내 대형 마트로 나가 장을 봐 오는 동안, 남은 아이들을 조효내와 강교원이 돌보기로 했다. 따라서 신재강과의 카풀은 차 수리가 완료될 때까지 시한부라던 말이 어느새 무색해지고 요진은 동반 출퇴근이 자연스러워졌다.

문구류나 화방 제지류, 식재료 같은 것들 모두 인터넷으로 한꺼번에 주문하여 받는 게 덜 번거롭지 않겠느냐고 전날 요진은 제안했는데, 처음에는 눈으로 보거나 손으로 만져서 직접 고른 뒤 상표와 회사, 인터넷 주소 등의 상품 정보를 일목요연하게 정리해 두었다가 다음번부터 활용하는 게 좋다는 홍단회의 대답이 돌아왔다. 더구나 식재료는 최대한 친환경적이고 신선한 유기농 전문 매장을 이용해야 한다는 주장에, 아무렴 유경험자의 말이 맞겠지 싶어 요진은 수긍했다. 아이들 입에 들어갈 음식이고, 아이들이 만지작거릴 물건들이고. 요진은 환경호르몬이 넘쳐 나는 싸구려 놀잇감을 별다른 문제의식 없이 시율이에게 던져 주곤 했던 날들이 민망해졌다. 알고 지낸 지 한 달 남짓 되었을 뿐이지만, 홍단회는 균형 잡히고 우아한 삶을 지향하는 태도와 그것을 유지하기 위한 빈틈없는 관리 능력이 있는 듯했는데, 가끔 아무렇지도 않게 보는 이를 주눅 들게 만드는 재주가 있다는 사실 정도는 빠르게 파악되었다. 그녀를 보면 완벽과는 거리가 먼, 애당초 완벽이라는 두 글자와 친밀해질 의도조차 없었던 자신이 이 세상에 대해 총체적 유죄를 저지르고 있는 듯한 느낌에 사로잡히는 것이었다.

신호 대기 때 단회가 카톡 창을 열자 강교원이 눈물 이모티콘과 함께 보낸 메시지가 들어와 있었다. 효내 씨가 크게 도움되지 않고 제 자식인 다림이 하나 간수하는 것조차 힘에 부쳐 하며 오히려 시율이가 더 어른스럽게 동생들을 돌봐 줄 정도니, 가능하면 너무 오랫동안 물건을 고르지 말고 일찍 돌아와 달라는 구조 요청이었다. 단회의 옆얼굴에 스치는 씁쓸

한 미소를 보고 전은오가 물었다.

"뭔가 안 좋은 소식이라도요?"

푸른 신호등을 받아 천천히 브레이크에서 발을 떼며 단희는 어깨를 으쓱해 보였다.

"아니에요, 그냥 좀. 유치원 근무할 때도 종종 있던 일인걸요. 모든 부모들이 협조를 잘해 주시는 게 아니어서요."

"아, 네."

전은오는 보육 교사와 부모라는, 좀 더 구체적으로는 여성 보육 교사와 엄마라는, 피치 못하게 주로 여성들 사이에서 발생하게 마련인 일들에 대해 자신이 잘 모르고 딸 시율이가 태어나지 않았다면 안중에도 없었을 부분이니 그저 고갯짓으로 최소한의 공감 표시만 할 수밖에 없었다.

"좀 서둘러 와 달라고 하네요, 교원 씨가. 효내 씨가 애들 컨트롤 잘 못한다고, 벅차다고. 나 참, 이제 마트 다 와 가는데."

"그렇군요."

"은오 씨는 감상이 그것뿐이세요?"

"예?"

단희는 연하의 남편인 재강에게 조목조목 따지고 들 때의 언습이 절로 나오고 있었다.

"어른인 효내 씨보다 시율이가 오히려 한 사람 몫을 한대요."

"그런가요."

"우리가 들어가기 전까지 은오 씨 딸이 옴팡 뒤집어쓰게 생겼다고 말해야 알아들으실 건 아니죠?"

점층법을 닮은 방식으로 하나하나 설명하며 상대의 신경을 죄기. 이를테면 이런 식의 전개. ──지난주 출산한 동서한테 애 둘을 데리고, 하나는 업고 하나는 걸려서 꾸역꾸역 찾아갔다가 산후조리원 앞에서 아이들 출입 금지라 문전 박대당하고 돈 봉투만 전하고 돌아왔어. 내가 진작 다 알아서 인터넷 검색해 보고 말했지, 두 아이 데리고 거기까지 못 간다고. 게다가 요즘은 본인 남편 이외 모두 출입 불가라고. 그러나 너는 회식 자리 때문에 바쁘다며 나더러 어머님 아버님 모시고 동서한테 꼭 다녀오라고 그랬지. 내 말 따위 귓등으로도 안 듣고, 친인척한테까지 그럴 리가 없다며. 이렇게 사람 헛걸음을 시키고 나서야 내가 왜 그렇게 말했는지 알게 되니. 내 말을 들으면 자다가도 떡이 나온다고 내가 그랬어, 안 그랬어. 그러면 이제 석 달 전에 출산한 내 동생한테는 네가 어떻게 해 줘야 할 것 같니. 너 그때는 프로젝트 뭐가 정신없다며 내 동생한테든 제부한테든 전화 한 통 안 넣고 어영부영 넘어갔지. 이제라도 어째야 할 것 같니? 네 입으로 말해 봐. 재강은 단희의 말투에 진저리를 치면서 그 주말에 짬을 내어 쫓기듯 처제 집에 홀로 다녀왔었다.

"아…… 무슨 뜻인지 알겠습니다. 시율이는 뭐, 애가 워낙 얌전하고 친척 동생들도 곧잘 봐주니까 큰 문제는 안 생길 겁니다."

"그래서 되겠어요?"

"음, 스무고개라도 하고 싶으세요? 그냥 필요한 게 있다면 말씀을 직접 해 주시면 어떨까요."

전은오는 단희에게 갑작스레 뭔가 불만이 생겼음을 알아차리지 못할 정도로 무디지는 않았지만, 근본적인 까닭은 이해할 수 없었다. 출발하고 나서도 분위기는 자연스러웠고 고작해야 조금 전에 카톡을 한 번 보았을 뿐이었다. 부담이 크니 가능하면 일찍 돌아와 달라고 한 강교원의 호소가 그렇게 문제적인 발언 같지도 않았다.

"아니에요, 됐어요."

단희는 마트에 가는 짧은 시간 동안 전은오에게 본질을 이해시킨다는 것이, 생전 처음 들어 보는 라틴어 성가의 가사를 해독하라는 것과 같음을 알고 있었다. 그게 가능하다면 재강과 오랜 갈등을 겪지도 않았을 것이다.

"솔직히 요진이도 가끔 그렇고, 여자분들이 그런 식으로 반응하실 때면 제가 좀 당황스럽더라고요. 그걸 꼭 말로 해야 하냐, 딱딱 알아서 생각 못 하냐, 하는데. 당연히 말로 해 줘야죠, 그러라고 말이 있는 건데. 남자는 여자와 사고 구조 자체가 다르거든요. 오랫동안 연구되어 온 진화심리학을 무시하면 안 되죠. 이렇게 말하면 요진이는 꼭 그래요. 그건 그냥 네가 생각하기 귀찮아서 구조니 진화니 핑계 대는 게 아니냐. 사려나 비교 검토 이해 같은 정신노동은 나한테 다 떠넘기고 너는 누가 옆에서 족집게처럼 골라 주고 시키는 것만 하겠다는 셈이냐."

언젠가 재강도 해외 다큐에서 본 실험 장면을 근거로 내세우며 단희에게 변명했던 적 있었다. 남자와 여자의 머리에 각각 전극인지 칩인지를 주렁주렁 붙이고 텔레비전 프로그램을 보게 했더니, 남자는 프로그램의 내용에 집중하여 옆에서 누가 불러도 알아차리지 못하는 반면 여자는 아이들의 호출을 비롯하여 전화벨이니 초인종 소리에다 가스레인지 밸브며 수증기를 뿜어내는 다리미 같은 것에 온통 신경이 분산되어서 겉보기엔 멀티태스킹이 되는 것 같지만 실은 어느 것 하나도 전념하거나 소화하기 어렵다는 내용이었다. 10년도 훨씬 전에 본 다큐이지만 주요 흐름은 남녀의 집중력과 뇌 구조의 근본적 차이를 정당화하는 결론으로 나아갔던 기억이 난다.

"그건 요진 씨 말이 맞는 것 같은데요."

"그럼 저는 이렇게 말하죠. 남자를 사람으로 보지 마라. 일일이 시켜야만 알아먹는 짐승으로 봐라. 딱딱 손가락으로 가리켜라, 시키는 건 정말 잘한다. 정확한 인풋에 칼 같은 아웃풋이 있다. 남자는 애 아니면 개라는 걸 저도 인정한다니까요."

애랑 개는 무슨 죄가 있어서 이런 평계에 소환되는지 모르겠고.

"다른 남자들도 그렇게 본인들의 상태를 인지하는지는 둘째 치고, 그래서 애 아니면 개라는 게 자랑스러우시다는 뜻인지요."

"자랑과는 별개죠. 이건 그냥, 뭐라고 해야 하지, 와꾸가 이미 짜여서 어쩔 수 없는 생활인데. 인간 생활이 어디 꼭 논리대로 도리대로 흘러가고 유지되던가요. 유연한 확장 사고가 가능한 쪽이 한발 양보하든지 솔선수범해서 너는 이거 해, 나는 저거 할게, 명시해 줘야 생활이 효율적으로 굴러가지요. 나도 이만큼 생각하니 너도 딱 이만큼 고민해야 한다, 계량화해서 가를 문제가 아니죠."

단희는 목소리를 한 옥타브 높임으로써 제 마음에 묻은 것들을 떨어내려는 듯 말했다.

"뭐, 그렇게 덮어 두는 게 편의상 낫긴 하죠. 잊으세요. 제가지금 신경이 살짝 곤두서는 바람에. 그냥 운전에 집중할게요."

바라는 대로 손가락으로 정확히 짚어 준다 치면 상대방은 그 손가락 끝에 있는 걸 볼까, 아니면 손가락을 볼까. 단희는 속으로 혀를 찼으나 전은오의 말은 힘을 가하면 부풀어 오르는 팔다리의 근육만큼이나 현실적이었다. 구체적인 질감은 물론 효용성마저 있는, 앉은자리에서 무언가 양수겸장을 하지 못할 바에는 반드시 선택할 수밖에 없는 대안의 언어였다. 실제로 이렇게 집을 나설 적에 누가 먼저 제안하거나 조정할 필요 없이 자연스럽게 역할이 분담되었다. 무거운 짐을 드는 사람은 전은오. 아무렴 힘을 쓸 수 있는 사람을 아이들 옆에 놔두고 여자들끼리 나오는 것보단 효율적이었다. 또한 남자더러 혼자 그 많은 아이들을 보라고 두었을 때 무슨 감당할 수 없는 사태가 발생하는지, 대부분의 사람들이 거의 본능에 가까운 상식으로 알고 있을 터였다.

재강도 지금 이렇게 공동생활에 진입하면서 예전부터 익히 그래 왔다는 듯 발 벗고 나서는 것이지, 이전에는 그더러 두 아이를 보라고 하면 그는 말 그대로 두 눈으로 바라보았다. 단희가 동서와 함께 시어머니 생일상 차릴 준비를 하느라 시장에 나갔던 어느 주말, 형제를 보라고 재강에게 맡겨두었었다. 물건 구입을 마치고 시간이 애매하여 동서와 푸드코트에서 저녁을 먹은 뒤 집에 돌아와 보니 재강은 팔짱을 낀 채 소파에 기대앉아 졸고 있었고 — 대자로 뻗어 코를 골고 있지 않았던 것이 그가 보인 최소한의 도리이자 양심 같았다. — 온 바닥을 몸으로 닦으며 씨름 중인 형제 옆으로는 쏟아진 물과 진득하게 말라붙은 주스 흔적, 나동그라진 플라스틱 컵들, 엎어지거나 나가떨어진 짜장면 그릇들, 봉지에서 흘어져 나온 과자 가루 사이로 찢어지고 구겨진 스케치북과 부러진 크레파스 도막들이 굴러다니는 현장이 보였다. 개켜서 티브이 장 옆 소쿠리에 올려 두었던 빨래들은 반 이상 바닥에 흩어져 자장 묻은 양파 쪼가리들과 과자 가루가 묻었고, 크레파스는 아이들이 밟고 다니다 리놀륨 바닥 곳곳에 짓이겨졌다.

백번 양보하여 집 안 꼴이야 남자아이 둘이 있으니 당연한 결과이며 아무리 치워도 수습되지 않는 거실의 상태가 낯설지는 않았으나, 문제는 형제가 둘 다 감기 환자 3일 차인데 각자의 점심 저녁 2회분 약이 약국 종이봉투에 그대로 들어 있다는 것이었다. 그날 짜장 묻은 빨래부터 새로 돌리며, 애들을 보고 있으라는 게 무슨 뜻인지 모르느냐고 재강에게 물었을 때 재강이 보인 반응이 지금의 전은오와 같았다. 약은 몇 시에 무엇을 몇 밀리만큼 어느 용기에 부어서 먹이라고 일일이 써서 냉장고에 자석으로 박아 놓든지, 안 그러면 내가 어떻게 알고 약을 먹여? 큰애랑 작은애랑 종류도 용량도 다를 텐데 모르고 덜컥 먹였다가 무슨 일이 생길 줄 알고. 참을성 있게 설명해 줘야지 안 그러면 몰라. 그러면서 단희가 길길이 뛰는 걸 재강은 오히려 유별나다 여기곤 감기란 약 먹으면 일주일 안 먹으면 이레라느니 같은 속설도 제시했다가 말끝에 카운터펀치까지 먹었다. 상견례 때 우리 부모님이 했던 말 기억나지? 얘 데리고 잘 고쳐서 써먹어라. 웃으면서 하신 말씀이지만 그거 농담 아니다.

　그야말로 지금까지 '고쳐서 써먹'었지. 아직 흡족하달 정도
는 아니나 일이 년 새 신재강, 많이 인간 됐다. 단희는 마트 지
하에 티 자형 주차를 한 번에 성공시키며 무얼 벼르는지도 확
신하지 못하는 채로 이를 갈았다.

　똑똑, 차창 두드리는 소리에 요진은 반사적으로 움찔했다.
도어를 열어 주자 신재강은 밑이 판판한 종이봉투를 한 아름
안고 흐트러지지 않게 조심하면서 조수석에 탔다.

　"빨리 마친다고 했는데 결국 기다리게 해서 미안합니다."

　"괜찮아요. 주차장도 여유로운 데다 책 읽고 있어서 안 지
루했어요."

　한 번은 두 번이 되고 두 번 이후론 습관이 된다. 이런 정
도의 일에 이제는 익숙해진 요진이었다. 차 수리로 요진과 함
께 출퇴근하는 동안에는 야근을 되도록 피한 신재강이 오히
려 8시에 셔터를 내리는 요진한테로 오곤 했는데, 어느 정도
패턴이 누적되고 나니 요진은 신재강이 그동안 야근을 하지
않기 위해 주간에 어느 정도의 템포와 스피드로 일을 달렸는
지를 짐작했고, 어느 날부턴가 자연스레 요진이 먼저 와서 기
다리기 시작했다. 회사가 있는 타워 지하 주차장에 차를 대
면 신재강이 일일 방문 주차권 여분을 가져왔다. 지하 주차장

치고 조명도 어두운 편은 아니며 차 안에서 시동을 끈 채 문을 잠그고 있지만, 그래도 대부분의 사람들이 퇴근한 뒤의 주차장에 혼자 있기란 살짝 겁나는 일이었다. 차만 대 놓고 주위 커피숍에서 체류하는 방법도 있었으나 기다림의 시간에 비해 음료 가격은 부담스러웠다.

지난번에는 이삼십 분가량 기다렸는데 오늘은 한 시간이 살짝 넘었다. 그래도 보통 직장인들의 야근 수준을 고려하면 준수하게 마친 편이었다. 저녁 식사를 따로 나가서 하지 않고 사무실에서 간단하게 때우거나, 업무 먼저 몰아친 뒤 퇴근길에 늦은 저녁을 먹거나 하면서 이때쯤 마무리하는 모양이었다. 그래서 신재강이 안고 탄 봉투가 사무실 간식임을 요진은 알 수 있었다.

"그냥 직원분들이랑 저녁 드시고 좀 더 늦게까지 일하셔도 돼요. 어차피 이 시간에 우리 둘이 돌아가 봤자 각자 집에서 애들 좀 보다 잠드는 게 끝일 텐데요."

"그러는 요진 씨도 저녁 아직이죠?"

신재강의 말마따나 그러는 요진이야말로 약국 닫는 시간이 어중간하여 매일 환자가 붐비지 않는 시간에 맞춰 약사 언니와 이른 저녁을 들거나 늦은 간식으로 때우곤 했으며 대부분의 직장인들과 마찬가지로 불규칙한 식습관으로 인한 속 쓰림과 더부룩함을 달고 살았다. 약국에는 수많은 약이 있었고 그중 위장 증상 개선에 도움이 될 약들도 있겠지만 요진은 진열장에 도열한 케이스를 일별하는 것만으로도 질렸다.

그때 신재강이 품에 안았던 봉투의 입구를 살짝 벌리며 말했다.

"그래서 가져왔습니다. 사무실 직원들이 사 온 건데 이건 포장에 손 하나도 안 댔어요. 취향에 맞으실지는 모르겠지만 혹시라도 속이 비었으면 넣어 두시라고."

신재강이 건넨 내용물의 포장지에는 통밀이니 호밀이니 글루텐 프리, 버터 프리 슈가 프리 밀크 프리 같은 말들이 적혀 있었다. 이것저것에서 모두 자유로워져서 어쩔 작정인지, 보편의 형식이니 기준 같은 것들로부터 벗어난 빵에서는 어떤 맛이 날지 요진은 궁금했고 일단 건강과 관계있어 보였지만 최소한 자신이 그 맛을 쉽게 좋아하지는 못하리라는 예감만은 들었다.

"고맙습니다."

그럼에도 내민 손의 성의를 생각하여, 그보다는 출출한 타이밍인 것도 사실이었으므로 가장 작은 빵 하나를 받아 들고 시동을 거는데, 신재강이 제지하듯 운전대에 살짝 손을 얹어 놓았다.

"먹고 출발하죠, 양손 운전 하시는데. 아니면 제가 좀 몰아도 되면 그렇게 하고요."

"아, 아녜요. 괜찮아요."

그리 좋은 중형 세단도 신차도 아니었으나 어쨌든 은오와 공동 소유인 차의 운전대를 타인에게 맡기는 데에 요진은 왠지 모를 저항감이 들었다. 입을 벌려 크게 반 토막을 떼어선 양 볼이 통통해지도록 무는데 신재강이 뭐가 재미있는지 일일이 웃었다.

"천천히 드세요."

그렇게 말하면서 그의 손가락 두 개가 슬쩍 꼬집는 것도 같고 어떻게 보면 묻은 빵가루를 털어 주는 것도 같은 움직임으로 볼을 건드리고 지나가는 순간 요진은 경직되었다. 남은 빵을 어디다 두어야 할지, 지금 스친 감각에 경악하여 그대로 떨어뜨리는 게 나은지 알 수 없었는데 물론 빵에는 죄가 없었다.

"재강 씨는 안 드세요?"

그것은 그에게도 빵을 권하기 위해서가 아니라 순전히 조금 전의 접촉을 아예 일어나지조차 않았던 사고로 간주하고자 말을 돌린, 형식적인 물음이었다.

"저는 일하는 동안 위에서 이미 먹었어요. 요진 씨 다 드세요. 잘 먹으니까 예쁘네."

목에 건포도가 걸리는 느낌이 들었다. 호밀인지 통밀인지 빵 조각의 거친 질감이 입천장과 목구멍을 훑고 지나갔다. 그러나 허둥대는 듯한 인상을 주고 싶지 않았으므로 요진은 앞만 바라보고선 나머지 반 토막을 입속에 밀어 넣었다. 그리고 볼이 부푼 채 말을 우물거렸다.

"안전띠 매세요. 출발할 거예요."

아무런 의미 없다. 요진은 자신이 타인의 무심한 손짓 하나하나에서 의도를 포착하려 드는 예민한 사람이 아니라고 속으로 주문을 걸듯 반복하며, 옆얼굴에 줄곧 떨어지는 신재강의 웃음기 묻은 시선도 별다른 뜻이 있지는 않으리라고 무시하며 액셀을 밟아 나갔다. 요진은 스무 살 새내기 대학생이 아니었고, 무심코 닿는 손길이나 눈길에 의미를 부여하며 신경을 곤두세우기엔 세상의 웬만한 시련을 온몸으로 통과해 온 나이였다. 어린 시절부터 끈 닿는 대로 해 나갔던 수많은 아르바이트 가운데 그만한 접촉이 없는 현장은 없었고, 추위나 비바람 속에서 대기 시간마저 긴 영화 엑스트라 촬영장에서도 그런 일은 보통이었으며(그 과정에서 은오를 만난 것은 별개의 문제였다.) 결혼한 뒤로도 요진은 대학 병원 산부인과의 침대에서 누군지 소속이며 신분을 일일이 묻거나 따지기 어려운 가운 입은 남녀들이 오며가며 진찰 또는 분만 실습 목적으로 자신의 아랫도리에 손가락을 찌르고 지나가는 시간을 ─ 아기가 얼마만큼 내려왔는지 보겠습니다. 약간 불편하실 수 있어요, 말이라도 먼저 꺼내고 찌르는 레지던트가 몇

명 있긴 했다. —— 전투적으로 견디면서 무감각해진 36세의 여자였다.

태어난 시율이를 품에 안고 요진은 먼저 출산한 친구들이 습관처럼 했던 말의 의미를 알게 되었다. 아이를 낳아 봐야 진짜 어른이 돼. 그 전에는 결혼하고 둘이 잘 살아 봤자 소꿉장난이고. 처음 요진은 그 말들이 저마다 스스로를 향한 격려인 줄 알았다. 출산과 함께 인생의 궤도가 틀어졌고 개성이나 욕망을 삶의 가장자리로 밀어 두는 데 익숙해졌지만 적어도 세상에 값진 생명을 내놓은 생산적인 인간이라는 성취감을 느끼고자 이를 악무는 위안의 제스처인 줄 알았다. 그러나 실상 그 말들은 자기변호에 가까웠다. 어른이 된다는 것은 수치심을 모르는 인간, 모르지 않는다면 그것을 엉성한 뚜껑으로 덮어 두거나 나일론사로 봉합하는 인간이 된다는 뜻이었다. 산부인과의 검사대에 올라가는 여자라면 누구라도, 자신의 몸이 어떤 자극이나 모욕에도 반응하지 않는, 동요나 서글픔 따위를 제거한 무생물에 가까운 오브제라는 사실을 철저히 인식하지 않고 지나갈 수 없었다. 그 과정을 흔히 정상 내지는 보편이라고 간주되는 경로를 거쳐 통과한 이는, 타인과의 어지간한 신체적 접촉 정도로는 눈을 부라리지 않게 되는 것이었다. 일일이 그래 봤자 성격 까다롭다는 조소를 감당하고 비참함을 곱씹는 쪽은 자신이라는, 차라리 스스로를 오브제로 간주했을 때 피로의 역치가 그나마 높아진다는 사실을 몇 번이나 확인한 자로서의 체념, 그 끝에 마침내 일말의 안식처럼 찾아드는 무감각 같은 것이었다. 세상 사람들이 억세고 드세고 몰염치하며 수치도 모른다고 운명 내지는 표본처럼 간주하는 아주머니들의 모습 ─ 새치기와 엉덩이 들이밀기는 기본, 대중교통에서는 가방을 던져 자리를 확보하고, 마트에서는 목청 높이며 먼저 앞줄로 나가 덤을 획득하는 ─ 은 어쩌면 그와 같은 시선이나 무신경한 촉지의 중첩을 통해 형성되어 왔는지도 모르겠다는 생각이, 시율이를 안고 젖을 먹이는 순간 온 피부를 찌르고 들어왔다.

그러니 요진은 고의든 실수든 자신의 얼굴에 닿았음이 분명한 신재강의 손가락에 대해 아무 말도 하지 않을 터였다. 세상 모든 남자의 손가락은 그것이 어디에 닿았든 간에 잠시 앉아 앞발을 비볐다가 떠난 파리에 불과하며, 파리채를 제때 휘두르지 못한 것은 자신이라고 애써 믿으면서.

양말도 벗기 전에 지친 몸을 이부자리에 모로 부려 놓고 조금 전 막 잠들었다는 시율이의 얼굴을 들여다보는데, 눈두덩 바로 아래 엄지손톱만큼 긁힌 자국이 취침등 아래 드러나 보였다. 엊그제 목욕 후 손톱을 안 깎아 주었던가. 요진의 시선이 어디 닿는지 알아챈 은오가 말했다.

"우빈이가 미니카 갖고 놀다가 그랬대."

입으로 부앙 윙 소리를 내고 미니카를 휘두르며 놀다가 사이드미러로 시율이 얼굴을 긁었다는 거였다.

"나 원 참, 그럼 무려 교통사고네."

아이들끼리 놀다 우발적으로 생긴 일에 남자인 은오가 일일이 참견하기 어려웠으리라 짐작하며 요진은 씁쓸하게 농담으로 에웠다.

"내가 뭐라고 말하기도 전에 교원 씨가 둘을 딱 잡아 앉혀 놓고, 누나한테 미안하다고 해 다시는 안 그러겠다고 약속해, 정확하게 사과 시켰으니까 이해해 주자. 여자애 얼굴이라 흉이라도 지면 어쩌나 맘에 걸리긴 하지만."

"뭐, 이해 안 하면 또 어쩔 건데. 아이 피부는 흉도 쉽게 지는 대신 옅어지기도 빠르겠지."

은오가 그리 말하지 않아도 요진은 대범한 반응을 보일 생각이었다. 어디서부터 어른 싸움으로 키워도 무방한 사안인지 경계가 모호할 땐 육안으로 확인되는 상처의 크기와 깊이가 그나마 합리적인 기준이었다. 시율이 얼굴에 장난감 모서리나 손톱으로 인한 상처가 아닌 칼자국이라도 났다면 가해자 엄마가 제 아이 멱살을 잡다 누나한테 빌어!라고 선수를 친들 요진은 그 사과를 받지도 않을 테고, 아이를 관리하지 못한 부모의 책임을 묻는 차원에서 철저한 사죄 및 배상을 청구할 터였다. 물론 아이들이 얽힌 대부분의 사고는 옆에서 밀착 관리한다고 안 생기지 않으며 불가항력에 가깝다는 사실을 몰라서가 아니었다.

이때 피부 흠집 정도가 아니라 어디가 부러지기라도 하면 더 말할 나위도 없이 법대로 해야 한다는 생각인데, 그러다 문득 요진은 비가시적 상처나 객관적 기준조차 없는 내상에 대해서는 어째야 하는지 알 수 없었고, 식도에 여전히 건포도나 호밀 조각처럼 느껴지는 이물감은 감기 기운이라는 걸 알아차렸다. 내일 일어나면 시율이에게 전날 다쳤을 때의 기분이 어땠는지를 물어야 하나, 반대로 저는 이미 잊은 걸 되새김질씩이나 시키면 오히려 역효과일지도…… 고민하며 가물거리는 눈꺼풀에 힘을 풀었다.

—분명히 짚고 넘어갈 점은, 아이들의 성장과 정서에 포인트를 맞추는 만큼 육아를 공동의 책임으로 함께한다는 뜻이지, 아이들을 한군데다 모아만 놓고 각자 자기 일을 봐도 되는 상황은 아니라는 거예요. 그러니 애를 맡겨서 한시름 놓는 차원으로 여기시면 안 되고요. 다소 번거롭더라도 짐을 나눠 진다는 차원에서 바라봐 주셔야 해요. 이 부분 모두 동의하시죠?

　회의 때 홍단희가 강조한 부분이었다. 배우자가 출근한 동안 혼자서 집에 틀어박혀 아이들과 씨름하고 있으려면 이런저런 딴생각도 나고 독박을 쓴다는 생각에 우울감도 생기고 아이를 간혹 방치하게도 되어 좋을 일 없으니, 장기적으로 내다봤을 때 아이들과 보호자 모두의 건강을 위해 서로 소통하고 교류하는 방식의 육아를 시험적으로나마 해 보자는 뜻이었다. 반드시 유의미한 결과가 나오지 않더라도 아이들은 여럿이 함께 있다는 자체만으로도 상호작용이 발생하고, 혼자나 둘이 스마트폰을 만지작거리며 넋 놓고 동영상이니 게임이니 들여다보는 일보다는 적어도 악영향은 없으리라는, 누가 봐도 지당한 전망이었다. 아직 어려 소근육이 발달하지 않은 아이들은 다양한 활동을 함께하기 어려우나 2인 이상 둘러앉아 장난감을 갖고 노는 것만으로도 도움이 될 터였다.

각자의 집에서 원목과 부드러운 천으로 만들어진 장난감을 비롯하여 나이에 맞는 교구와 블록을 내놓았다. 이것들을 모아서 천연 소독제를 뿌린 다음 햇볕에 종일 말렸다. 구입한 식재료를 종류별로 분배하고 식단에 맞춰 각자의 집에서 주요 반찬 및 국을 한두 종류씩 대량으로 만들어 가져오면 밥만 홍단회가 따로, 역시 갹출한 운용비에서 구입한 무농약 쌀로 지었다.

합의 이행 사항이었으니 요진은 반찬 만드는 날이면 평소보다 한 시간 남짓 일찍 일어나 달걀말이를 부치거나 장조림을 끓이는 한편 잔멸치며 파래를 볶았다. 그나마 일찍 출근하는 사람이라고 요진은 최소한의 비주얼에 개의할 일 없는 밑반찬 정도만 담당했는데, 음식 솜씨가 좋다는 강교원 같은 이는 거의 매번 종류별로 바꿔 가며 국을 한 솥씩 끓이고 무쌈말이니 맥적 같은 본격적인 걸 해다 나르는 신기를 보였다. 이 상황에서는 요진이 아니라 은오가 이 일을 하는 게 합리적이겠지만 은오는 다른 많은 남자들이 그렇듯 결혼 전은 물론 시율이가 태어나고도 요진이 약국에 나가기 전까지는 제 손으로 요리 한 번을 해 본 적 없었다.

전적으로 은오와 그의 부모가 소홀했던 탓이라고만 하기도 어려운 것이, 그는 동료들과 월세방을 전전하며 예술에 올인한다고 밤낮이 바뀌는 불규칙한 생활이 일상이었는데, 돈과 시간의 절대 빈곤에 시달리는 주거 난민이 물을 부어 안칠 수 있는 주식은 컵라면, 가끔 호기를 부릴 때 봉지 라면이었다. 요리라는 것이 직업상의 이유가 아니라면 대체로 심리적 상대적 여유를 표상하는 과정이라고 믿는 요진은, 현실의 은오를 겪어 내면서 학생 때 빌려 본 일본 소설에 종종 등장하던 타입의 독신 남성들을 떠올렸다. 그들은 서사와 밀접한 상관이 있는지는 모르겠으나 파스타를 직접 만들고 플레이팅하며 몇 년산 칠레 와인을 디캔팅하는 모습으로 묘사되곤 했는데, 굳이 그런 우아하고 고독한 다이닝 테이블의 풍경 묘사를 상기하지 않더라도 어릴 적부터 조부에게 돈을 타서 살림의 대부분을 맡아 해 본 요진은 알고 있었다. 무언가를 썻어서 찢거나 토막 내고 물에 끓이는 행위 자체가 얼마나 시간과 비용과…… 무엇보다도 건강하고 넉넉한 육체와 정신을 필요로 하는 일인지.

　시율이가 태어나면서 요진은 작은 살림에 식재료를 남겼다 시들어 버리는 게 낭비일뿐더러 영화 관련 미팅으로 소득 없이 장기간 집을 비우기가 일쑤인 은오를 위해 가끔 한 상 차려 내는 일도 없어졌으므로, 콩나물 무침 한 줌까지 사다 먹는 일을 자연스럽게 여기는 생활 패턴이 정착됐다. 첫아이라고 이유식을 끓인다며 애써 고깃국을 내고 당근을 가는 일도 없이 시판 거버 퓨레 내지는 완조리 배달 이유식으로 시율이를 키웠고, 은오가 다양한 아이디어부터 시놉시스, 트리트먼트는 물론 1차 완성된 시나리오에 이르기까지 소위 '우라까이'당하는 등 거듭된 실패와 낙담 후 집에 머무는 동안 요진이 약국에 출근하면서부터는 더욱 그랬다.

　그러니 요진도 몇 년 만에 조리 도구라고 부산스레 늘어놓고 법석을 피운 것이며, 첫 번째 반찬은 아이들이 먹을 거라고 긴장하면서 만든 탓에 간 맞추기에 실패하거나 재료를 태우는 시행착오를 겪었다. 오랫동안 살림을 해 본 자신이 이 정도인데 그걸 은오에게 맡긴다면 여러 집이 피해 보는 걸 감수해야 할 터였다. 그나저나 시율이가 아기였을 때도 들여 본 적 없는 정성을 이제 와서 여러 아이들과 함께 있다는 이유로 새삼 들인다는 게 아이러니한 일이었다.

예정에 없던 대의에 끌려가는 느낌을 비롯한 육체적 피로는, 그날의 노래와 율동이 재미있었고 밥도 맛있었으며 아빠는 온갖 묘기(동화 구연의 '연기'를 말하고 싶었을 것이다.)를 보여 주면서 그림책을 읽어 주셨는데 정목이가 떠들고 정협이가 온 방 안을 뛰어다니며 시끄럽게 군 걸 제외하곤 좋았다는 얘기를 시율이가 하면 팬 위의 시럽처럼 녹아내리곤 했다. 요진이 약국에 다니는 한, 아이들에게 필름이니 미장센이니 가르칠 수는 없을 테고 도무지 인생을 통틀어 영화 말곤 특화된 분야가 따로 없는 은오는 그림책 읽어 주기나 리듬감과 크게 상관없는 기초 신체 활동이나 야외 활동을 전담할 가능성이 컸으며, 그걸 생각하면 요진은 일주일에 한 번쯤 대량의 밑반찬을 몰아 만드는 것쯤은 가뿐한 노동으로 여길 수 있었다. 다른 이들이 거기에 쓰이는 설탕과 간장의 분량에 딴죽을 걸거나, 식용유가 유기농인지 소금이 국산인지 여부에 참견하지만 않는다면.

그러나 반찬을 겨우 두 번쯤 해 날랐을 뿐인데 이틀 뒤 홍단희가 생협인지 어디서인지 구입했다는 장이며 조미료 박스를 안겼을 때, 요진은 아연실색하지 않을 수 없었다. 애들 입에 들어갈 거라고 싸구려 슈퍼 상품이 아닌 좋은 멸치를 애써 구해 왔는데 그걸 일반 기름으로 볶아서야 되겠느냐며, 서로를 위한 일이니 불편해하지 않았으면 좋겠다는 홍단희의 말에 미소로 대답하고 받아 안은 꾸러미를 식탁에 부려 놓은 요진은 문득 신발장 거울을 들여다보았다. 웃음, 이상하지 않고 자연스러웠겠지. 표정에는 애매모호한 고까움 대신 세심한 구석까지 신경 써 준 홍단희를 향한 진심 어린 고마움이 담겨 있었겠지.

오전 나들이 길은 여섯 명의 아이들과 세 명의 어른이 함께했다. 세아가 탄 유모차는 효내가, 다림이가 탄 유모차는 은오가 밀었고, 홍단희는 나머지 네 아이가 손에 손을 잡고 걷는 길 옆으로 나란히 걸었다. 우빈아 자꾸 옆으로 멀어지지 말고 가운데로 와. 정협이는 누나 손 꼭 잡아야지. 그들이 시냇물 흐르는 계곡까지 한 바퀴 돌고 오는 동안 강교원이 점심상을 준비할 예정이었다.

효내는 내내 무표정을 그린 채, 두어 발 앞서가는 유모차에서 자꾸만 다림이가 고개를 내밀어 엄마 엄마 부르는데도 건성으로 대꾸하는 둥 마는 둥 미소만 지어 보였다. 효내의 머릿속에서는 지키지 못한 마감과 반쯤 그리다 만 채로 말라가는 수채화가 맴돌고 있었다. 일상과의 분리를 꾀할 수 없는 자신의 능력이나 의욕이 엇그제 지어 놓고 잊은 밥처럼 누렇게 떠서 굳어 가는 걸 속수무책으로 바라보는 동안에는 그 어떤 선을 긋지도 면을 칠하지도 못했다.

모든 일은 효내 자신이 까무룩 잠들었을 때, 또는 아픈 다림이를 건사하느라 정신이 없을 때 상낙에 의해 결정됐다. 뒤늦게 정신 차리고 무슨 일이 어떻게 돌아가고 있는지 알았을 때 효내는 최대한 소리를 죽이고 상낙과 다퉜다.

—미쳤어? 그걸 왜 당신이 임의로 승낙하고 체크해. 집에 있는 건 난데. 당신은 가게 나가고 나 몰라라 하면 그만이잖아. 혼자 뒤집어쓰는 건 나잖아. 내가 그렇게 한가해?

상낙은 어깨를 으쓱해 보이며 그 스스로도 내키지 않는 듯 눈살을 찌푸렸었다.

—나라고 마냥 좋아서 옳다구나 한 게 아니라고. 하지만 끽해야 네 집뿐인데 다른 집들 대충 동의하는 터에 우리만 딱 잘라 빠지면 뭐가 되겠어. 서로 분위기도 맞추고 살 줄 알아야지. 게다가 생각해 봐, 당신 종일 다림이 먹이고 치우고 씻기느라 그림도 그리다 말다, 아니 거의 못 그린다는 말을 입에 달고 살잖아. 어차피 제때 못 그릴 그림 같으면 차라리 낮 동안 애를 옆구리에 끼고 끙끙 앓을 게 아니라, 다른 아이들 사이에 섞여서 실컷 놀게 해 주면 애가 저녁에 일찍 잠들기라도 하겠지. 그럼 그릴 시간을 밤에 조금 더 확보하는 게 낫잖아.

세상 편한 상낙의 말에 효내는 뒷목이 당겨 왔다.

—말처럼 그렇게 쉬운 일인 줄 알아? 당신 말대로라면 낮

동안 결국 애 하나만 보고 낑낑대면 그만인 것을, 여러 명이서 여러 애를 보며 더욱 진을 빼자는 얘기가 되는데? 내가 무슨…….

강철인 줄 아니, 소리가 성대 끄트머리에 걸려 흔들리다 흐무러졌다. 그렇게 말하면 상낙은 보나마나 이도 저도 안 될 것 같으면 그림을 관두는 게 최선이겠다고 본질과 무관한 결론을 내릴 터였다. 또한 효내는 상낙에게 어느 정도는 분풀이를 하고 있다는 걸 스스로도 모르지 않았는데, 자신이 그 자리에 있었던들 좌중의 의견이 한데 모인 자리에서 저희 집은 관둘게요, 소리를 단박에 하긴 쉽지 않았을 터다. 혼자 겉도는 선택을 하는 데엔 일가견이 있었고 그로 인한 뒷담화도 얼마든지 상관없었으나, 다림이만큼은 그래도 되는 애가 아니었으므로. 정말이지 공동생활이라 하여 이런 부분을 신경 써야 하리라곤 예상 못 했다. 아이들을 모아 놓고 키우자니, 우애를 다지자니. 서로 얼굴을 들여다보고 살자니. 무해한 미소와 대화를 나누며 레고 블록으로 조립한 듯한 친근감을 갖자니.

처음 한동안은 다림이도 생활환경이 바뀌어 상기된 얼굴로 집에서 나섰고, 혼자 장난감을 갖고 놀던 때보다 얼굴빛이 확실히 좋아 보였으므로 효내는 그것만으로도 감사히 여기는 게 부모 된 자의 도리임을, 머리로는 잘 알고 있었다. 그동안 버텨 온 날들을 돌이켜 보자면 어차피 자신은 당분간

만족스러운 그림을 그리기란 틀렸고, 이왕 이리 된 것 다림이 하나라도 기분 좋게 건강하게 자랄 수 있으면 다행이었다. 그러기 위해서는 자신이 역동적인 군상화 속의 한 귀퉁이에 그려진, 어느 관람객의 시선도 끌지 못하는 개나 새 같은 것이 되어야 마땅했다.

그런 인식의 전환 및 다소간의 보람은 열흘 남짓 지속되었다. 그 이후론 착착 따라와 주지 않는 게 당연한 아이들을 데리고 크레파스니 소금 물감 그림이니 찰흙이니 종이 블록이니, 뭔가 나날이 정신없이 만들어지긴 하는데 효내는 그중 하나라도 자기 것이라고 생각되는 게 없었다. 게다가 다림이는 아직 어려 그 같은 활동을 함께 하기 어렵고, 아주 어린 애들은 한쪽에서 강교원이나 전은오가 데리고 놀아 주거나 음악을 들려주며 기저귀와 분유 등 각종 민생고를 살피는 상황이었다. 애초에 영아와 유아가 한 집에서 어울린다는 것은 그저 공간적 생물학적으로 함께 있다는 사실일 뿐, 3주째 되었을 때 효내는 자신이 뭔가 손해 보고 있다는 느낌에서 벗어날 수 없었다. 고되더라도 혼자 다림이를 데리고 있는 게 정답 아니었을까. 가끔 라디오를 켜서 클래식이나 좀 틀어 주고, 대부분은 장난감을 갖고 노닥거리다 다림이가 혼곤한 낮잠에 빠졌을 때 서둘러 빈 면을 색칠하다 말다 하는, 그림의 선이 뚝뚝 끊어지며 마지막까지 인물의 눈동자를 찍지 못하더라도, 그런 날들을 보내는 편이 낫지 않았을까.

지금은 어쨌거나 일선 어린이집의 방식 비슷하게 아이들이 다 같은 시간에 일괄적으로 낮잠에 들고, 그럴 때마다 효내는 잠깐 집에 그림 좀 그리러 다녀오겠다며 자리를 털고 일어날 분위기가 아니라는 사실을 깨닫고 후회를 적립해 왔다. 아이들을 단체로 자리에 뉘어 보았자 이불 포대기 끝자락을 만지작거리다 잠드는 시간은 제각각이었고, 그 와중에 여섯 살 시율이는 낮잠 잘 나이는 사실 지났으므로 자신이 왜 천편일률적인 자태로 누워 있어야만 하는지 이해하지 못하는 채 말똥거리는 눈을 하고 요 위에서 몸을 뒤틀었으며, 아이들이 대강 잠들었다고 생각될 무렵 홍단희는 활동 일지 같은 걸 적어 내려가거나, 아유 이제 우리도 좀 쉽시다. 차 좀 내올게요. 뭐 마실래요, 하며 주방으로 움직였다. 그것이 뭔가 의도를 갖고 그러는 게 아니라 자연스러운 일상의 몸짓이라는 점이 효내로선 더욱 코드가 불일치하는 부분이었다. 집에 타인들이 있고 아이들은 잠들었으니 이제 우리는 서로를 잘 알고 싶거나 말거나, 친하든지 말든지 둘러앉아 차를 마시며 도란도란 이야기를 나눌 때죠, 같은 결론을 도출하는 사고 구조가 홍단희의 몸과 생활에 총체적으로 배어 있는 것이었다. 그런 때 강교원은 기다렸다는 듯 기지개를 켜며 식탁 앞에 먼저 의자를 당겨 앉았고, 처음 며칠 주춤거리면서 자신이 끼어도 되는 자리인지를 의심스럽다는 표정으로 곁눈질하던 전은오는 이제는 덜 망설이며 커피 타는 걸 돕겠다고 홍단희 곁으로 다가가는데 그 걸음이며 몸짓이 민첩하고 능숙했다. 증기가 부드럽게 허공에 곡선을 뿌리며 올라오는 차와 함께 홍단희가 내오는 과자는 입술에 닿기도 전에 프루스트의 첫 문장을 소환할 법한 갓 구운 마들렌 같은 것이었고, 아이들을 돌보던 중간의 망중한이 아니라면 근대 서양화 속 귀족들의 우아하고 한가로운 티타임 같았다. 절대적으로 올바른 균형이 잡힌 아름다운 구도. 효내가 익숙하게 보아 온, 시대사조까지 꿰어 읊을 수 있는 그림 속 풍경이었다.

그러나 길어야 40분 정도, 우리가 이 피 같은 시간을 서로 얼굴 바라보며 즐거워하는 일로 보낼 수 있을 정도의 사이인가 고민하다가 효내는 매번은 너무 티가 나고 세 번 가운데 한 번은 일이 있다며 미소를 띠고 몸을 뒤로 뺐다. 뭐 좀 급하게 정리하던 게 남아 있어서요, 아이들 깨면 바로 톡 주세요, 내려올게요.

그것이 한 달쯤 이르니 직장 생활과 가사, 육아를 동시다발로 수습하는 워킹맘의 절대다수가 겪게 마련인 파김치 단계의 생체리듬과 다를 바 없어지며 짙은 피로감이 몰려왔다. 매 순간이 긴장 상태였고 남의 집에서 이루어지는 가정 보육인 만큼 엄마가 다리를 뻗거나 소파에 아무렇게나 몸을 던질 수 없었다. 효내는 자신이 스리쿠션을 반복해서 맞는 당구공이라도 된 듯한 느낌과, 체크 박스에 브이 자를 그리고 서명한 상낙은 이 상황에 하는 일이 거의 없다는 분노를 당장 수습 조율하지 않으면 어떻게 되어 버릴 것만 같았다.

그러자면 일단 이 상황에서 빠져나가, 그것이 비록 현실 도피의 일종에 불과하더라도 붓을 잡는 게 옳았다.

효내는 전은오에게 다가가 은밀히 중얼거렸다.

"이따가 계곡 도착하면 저랑 유모차 좀 바꿔요."

"예? 예, 뭐 상관은 없습니다만."

"그게, 실은 다림이가 어제부터 미열이 있어서 물가에서 노는 게 좀 그래서요. 아무래도 다른 아이들한테 감기 기운 옮길까 봐 제가 며칠 데리고 있는 게 낫겠어요. 다림이 데리고 먼저 좀 들어갈게요."

"아, 저런. 많이 안 좋은가요? 그럼 그냥 지금 바꾸죠."

"꼭 그렇지는 않은데 노파심이죠. 아이들 아픈 거야 늘 있는 일이고요. 다림이도 시율이만큼 자라면 좀 횟수가 덜해지려는지."

그렇게 말하며 효내는 옆얼굴에 홍단희의 차가운 시선이 날아와 꽂히는 것을 모르는 척하곤 고개를 앞으로 향하는데, 바람의 방향이 바뀌면서 코에 거름 냄새가 끼얹혔다.

주위에 논밭이 널렸으니 당연한 일이었으나, 코를 조금 깊이 쿵쿵거리자 거름과는 좀 달랐다. 비슷하게 불쾌한 냄새라도 거름은 타고 남은 재와 같은 일말의 구수한 느낌이 배어 있었고, 잘 발효되어 어딘가 기름진 듯하며 살진 곡식과 황금빛 들판을 절로 떠오르게 하는 유기물의 냄새였는데, 지금은 그저 이런저런 사료를 섭취한 가축의 분뇨 냄새에 불과했다. 무언가로 활용되지 않고 버려지며 파묻는다고 답이 안 나오는 배설물의 냄새. 정확히는 아무리 매일같이 물로 씻어 내도 완전히 지울 수 없으며 그대로 그 공간의 주인이 되어 버린, 축사 그 자체의 냄새였다.

농장이 있는 곳에 축사가 딸린 게 이상한 일은 아니었으며 동물이 살아 있는 곳에 상시 분뇨가 있다는 사실도 새삼스럽지 않았다. 그때 정목이가 아, 냄새! 소리치며 코를 싸쥐느라 정협이를 잡았던 한쪽 손을 놓았다. 시율이는 어른스럽게 아무 말도 없이 다만 눈살을 살짝 찌푸렸는데 그것이 비염이 심하여 냄새를 잘 못 맡아서라는 사실은 효내로선 알 길이 없었다.

— 점심 먹었어요?

뭐 이런 하나 마나 한 말을 카톡으로 묻지. 요진은 전화를 뒤집어 놓고 소화제를 구입한 손님에게 카드를 돌려주었다. 병원은 일반 회사보다 점심시간이 한 시간 남짓 늦은 게 보통이며 약국은 더욱 대중없었다. 근처 회사원들이 점심시간을 빼서 진료를 받는 경우가 많아 메디컬빌딩에 입주한 각 의원은 오후 1시 또는 1시 30분에 점심시간이 시작되었다. 신재강에게 그런 구체적인 사정을 얘기한 적 없으므로 그가 12시 40분에 이런 문자를 보내오는 것 자체는 이해할 수 있었다. 그러나 출퇴근길 외에 서로의 식사를 챙긴다든지 소소한 안부를 궁금해할 사이는 아니지 않나 싶어 요진은 메시지를 읽지 않은 척 무시했는데, 두 번 더 진동이 울리자 약사 언니가 눈짓을 보냈다.

　― 근처에 외근 나와서요

　― 괜찮으시면 점심 같이?

　이런 건 오해가 없으려면 대답을 서둘러 해 주는 게 낫지. 요진은 다음 손님의 처방전을 받아 처리해 놓고 답장을 전송했다.

　― 저희는 1시 30분 넘어야 해서 움직이기 어렵네요 약사님과 교대로 드나들어서 언제 나갈 수 있을지도 확실히 몰라 죄송 그냥 이따 저녁에 제가 모시러 갈게요

　그리고 몇 초간 망설이다 문장 끝에 눈웃음 이모티콘을 붙여 보냈다. 이 정도면 됐겠지. 너무 딱딱해 보이는 거절 문구는 아니겠지. 그로부터 몇 분 지나 오케이 표지판을 든 곰돌이 스티커 메시지가 도착하여 요진은 자신의 뜻이 올바로 전

달되었다는 안도를 느꼈다. 홍단희가 장을 본다든지 아이들을 데리고 다 함께 인형극을 보러 가거나 놀이공원에 가는 때처럼 차가 모자란 상황이 아니고선 가능하면 습관적인 카풀을 하지 않아야겠다. 신재강에게 다른 꿍꿍이가 있어서라고 생각지는 않았으나 공연히 애매한 분위기가 만들어질 건수를 줄 필요는 없었다.

신재강에게는 별다른 의도가 없을 터였고 없어야만 했다. 그저 이웃을 대하는 자연스러운 태도에 딴마음이 앞니의 고춧가루만큼이라도 끼어 있을지 모른다는 가능성을 꼽아 보는 것부터가, 상대방에 대한 예의가 아니었다. 우리가 그렇게 절친도 아닌 듯한데 저한테 왜 이런 문자를 보내시느냐고 진지하게 물어서도 안 되었다. 자칫하면 요진은 저 혼자의 착각으로 북 치고 장구 친 끝에 무안해지는 사람이 될 수도 있었다. 그저 그가 생각하는 이웃 간 우호적 관계가, 꼭 필요한 때 외엔 서로를 방해하지 않는 것이 최선이라고 여기는 요진과는 기준이 좀 다를 뿐이었다.

그러나 약사 언니가 점심 약속으로 자리를 비운 지 5분쯤 되어 풍경 소리에 카운터에서 몸을 일으킨 요진은, 열린 문으로 신재강이 들어오는 모습을 보고 어안이 벙벙했다. 요진은 이 장면에도 뭐라고 토를 달기 힘들었는데, 그는 근처에 외근이 있다고 명시했고 지나가다 들르는 것은 그의 자유이며 갑자기 복통을 일으키지 않았으리란 법이 없었다.

"어떻게 오셨어요."

"요진 씨가 튕기니까 별수 있습니까, 제가 와야죠."

튕긴다니 이건 또 뭐 하자는 말인가 싶지만 요진은 그리 반문할 경황이 아니었다.

"저는 약사 선생님 돌아오실 때까지 자리를 비울 수 없어요."

"그렇군요. 근처에 회사도 많으니 환자들 한창 지나갔을 테고요. 매일 이렇게, 끼니가 너무 늦어져서 어쩌나요."

"몇 년을 일했는걸요, 이제 익숙해요. 그래서 어떻게, 식사는 하셨고요?"

"예, 저는 클라이언트와 가볍게 마쳤고요. 본사 들어가기 전에 요진 씨 이러고 계실 줄 알고 사 왔지요."

그리고 신재강은 따뜻한 기운이 감도는 종이봉투 꾸러미를 카운터에 올려놓았다.

"아니, 이건 좀. 어차피 저도 이따 교대해서 나가려 했고, 약국 안에 음식 냄새를 풍기면 안 되거든요. 보시다시피 창문 없는 건물이어서요."

실은 여름철 같은 때는 출입구를 개방하고 에어컨과 공기 정화기를 돌리며 약사 언니와 둘이 배달 음식을 먹기도 했으나 요진은 그 정도의 예외까지 굳이 알려 주지는 않았다.

"뭐, 시간 있으실 때 볕 좋은 데로 나가서 드시면 되죠, 근처에 작은 공원도 많잖아요. 부담 드리려던 건 아니었는데, 필요 없으시면 다른 사람 주세요."

아니, 그렇게까지는 또 좀. 상대는 이것이 누구 입에 들어가도 상관없다는 듯 대수롭지 않게 말하는데 요진은 극구 거절하는 자신의 방어막이 오히려 더 법석을 떠는 걸로 보일 듯싶었다. 게다가 그는 이 자리에 함께 있겠다고 말하지도 않았고 곧 회사로 돌아가야 하는 사람이었다.

"이번만이에요, 감사히 받겠습니다. 약사 선생님 돌아오시면 간식으로 나눠 먹을게요."

"나눌 만큼은 아닐 거예요."

"어쨌든 다음에는 어디서 외근을 하시든 간에 이런 거 사 오시면 안 돼요."

"자주 태워다 주셔서, 고맙고 미안해서 그러죠."

"저도 출근하는 길인데 뭐가 미안해요. 게다가 휘발유도 넣어 주셔서 오히려 손해를 보신다고요. 플래티넘이라고 너무 긁어 대시면 안 돼요."

"이번엔 골드였거든요."

요진이 추측건대 골드란 용도와 금액을 홍단희와 공유하지 않는 신재강 자신의 카드라는 뜻이었다.

"들어가세요. 저녁에 약국 닫으면 뵐게요."

쇼윈도 너머로 횡단보도를 건너는 신재강의 뒷모습까지 확인한 뒤 — 그는 녹색 불이 들어오자 기어이 약국 안쪽을 한 번 돌아보곤 예의 그 미소와 함께 손을 흔들어 보였고, 요진은 인사를 모르는 체하기가 무엇해 마주 답했으나 바깥에서 보였을지는 알 수 없었다. — 후끈한 봉투를 열었다. 봉투 겉면에 유명 브런치 카페의 로고가 선명했으므로 붕어빵이나 순대 튀김류가 아닌 줄은 이미 알았으나, 생각보다 제대로 포장된 베이컨오믈렛에다 새우브로콜리샐러드, 눈꽃치즈감자구이가 나와서 요진은 또 한 차례 당황했다. 눈대중만으로 훑어도 합계 가격을 검색한다면 날마다 계산기를 두드리지 않고는 살 수 없는 주부 입장에선 현기증이 나리라 예상됐다. 세심한 대우를 받는 듯한 기분이 나쁘지는 않았지만 평범한 월급 생활자의 사정으론 이웃에게 들이기에 과한 지출이다 싶었고, 그 과함을 어디서부터 어떻게 지적해야 개선될지, 그 이전에 이걸 과하다고 여기는 자신의 기준이 남다른 것이며 이걸 문제 삼았을 경우 상대방의 성의에 대한 몰이해 내지는 무시가 되는 셈인지 요진은 혼란스러웠다.

그 와중에 동봉된 플라스틱 포크로 한 입 떠서 입에 넣은 오믈렛은 녹아들듯 혀끝에 감겼다. 이와 혀 사이에서 폭신한 달걀옷과 알맞게 익은 피망이며 양파, 당근 조각이 감미롭게 으깨졌다. 요진의 주머니 사정으로 누려 본 적 없던, 그 어느

때보다 수준 높은 정찬이었다. 이따 대체 어떤 얼굴을 하고
그를 픽업하러 가야 할까.

식탁 의자 같은 것이 나동그라지는 소리였다. 소파나 침대, 책장만큼 육중한 느낌은 아니었다. 실수로든 천재지변으로든 그런 것이 넘어진다면 구급차를 불러야 할 일이었다. 이 시간에 누가 뭘 좀 들어 옮기려다 떨어뜨렸나. 밝을 때 하지.

물론 효내는 한 달 가까이 미룬 그림 마감 때문에 깨어 있었고, 그만한 소리라도 잠귀 밝은 다림이가 눈이라도 뜰까 겁부터 났다. 소리가 전해져 오는 방향으로 봐선 바로 윗집은 아닌 듯싶고 옆집일까. 그래 봤자 아직 입주하지 않은 집이 더 많고 사람들은 드문드문 들어 있었으며 이렇게 이가 빠진 듯한 공간에서는, 특히 주위에 다른 구조물이 거의 없는 벌판에서라면 소리가 어떤 방식으로 울려서 부딪치고 어느 방

향으로 흘러가더라도 이상하지 않았으므로 진원을 짐작하는
건 부질없었다. 다림이가 깨지만 않으면 그만이었다.

　다음으로 곰의 얼굴을 칠하기 위해 창백한 불빛 아래로 젖
은 붓을 가져가다 효내는 움찔했다. 두 사람이 달라붙어 서
로를 붙들고 넘어지는 소리. 나지막한 비명. 전구를 갈다 사고
라도 났나. 아무리 긍정적인 마인드로 들어 보려 해도 일반적
인 섹스 중에 날 법한 소리는 아니었다. 그런 소리가 난대도
난감한 주택이었고. 이튿날 서로 얼굴 볼 사람들이고.

　더욱이 지금 같아선, 케이스 바이 케이스겠지만, 아이를 낳
고 키우는 동안 누더기가 된 몸과 마음으로 섹스 따위. 둘 사
이에서 어떤 협의에 도달해서가 아니라 생활을 이어 가다 보
니 자연스레 그리 되었다는 사실을 효내는 기억하고 있었다.
밤낮이 없는 효내는 일하고 들어온 상낙을 받아들이지 못했
고, 상낙 또한 그런 효내를 이해했다. 정말로 이해했는지는 모
르지만 현실의 덤불이 얼마나 뾰족하고도 무성하게 자라 악
진 가시마디로 자신들을 옭아매고 있는지 정도는 알 것이었
다. 상낙이 잠든 동안 효내는 다림이의 기저귀와 울음을 돌보
고 모유를 제공하느라 한 시간 이상 잠의 끈을 이어 붙여 본
적 없는 날들이 이어졌으므로, 부부의 잠자리라는 것 자체가
고대의 유산이 되어 버린 것이었다. 어쩌다 다림이가 깊이 통
잠을 잔 날, 이대로는 안 되겠다는 약간의 의무감과 사명감을

안고 졸린 눈을 비비며 시도한 적도 있긴 했는데 곧 효내가 통증을 못 견디고 떨어져 나왔었다. 정기검진 때 의사에게 묻자 출산으로 인해 질 내벽이 얇아져서 통증이 있을 수 있고 남들보다 더 예민하게 느낄 수도 있으나 천천히 개선되리라는 대답이 돌아왔는데, 그 뒤로 효내는 같은 일을 시도할 때마다 겁이 났고 잘되지도 않는 한편 이래서야 어떻게 셋을 낳지, 같은 초조감이 앞섰다.

그러고 보면 다 입주해도 열두 가구에 불과할 이곳에서는 체력이나 조심성 내지는 기본 성향 같은 개인차와 무관하게 밤일도 쉽지 않겠고, 그리고…….

으…… 끄야아아악!

아, 결정적으로 싸움이 어렵겠구나, 하는 효내의 생각과 거의 동시에 발음이 부정확한 비명이 들려왔다. 사람 사는 곳에서 싸움이란 숨 쉬듯 생기는 법인데, 조금만 지나면 서로의 밥그릇과 숟가락 개수까지 꿸 법한 이 벌판의 공동주택에서 이런 불편이 따를 줄은 미처 생각 못 했다. 하긴 사람이 행복하게 살려고 주택청약 모집에도 응모하고 그러는 거지, 그 집이 어느 정도 이상의 싸움이 가능한 구조인가부터 따지고 시작하지는 않으니 말이다. 조금 전의 울부짖음은 '이 새끼야'가 제 분노에 의해 뭉개지는 소리인 듯했다. 어느 집인가의 아내가 남편에게 울분을 토해 내고 있었다. 아니, 남편이 밀치거나 때려서 이에 저항하는 소리일 수도 있다. 저거 저대로 둬도 괜찮은가. 곧 남자가 으름장을 놓고 윽박지르는 듯한 소리와, 여자가 악을 쓰는 소리가 교차하며 그 사이로 아이 우는 소리가 뒤엉켰다. 어느 집일까. 아이의 울음소리만 갖고는 여자애인지 남자애인지 구별되지 않으며, 두 아이가 있다 한들 둘이 반드시 함께 운다는 법도 없으니 누구네 집이라고 특정할 수 없다. 그러는 동안에도 또 넘어지고, 부딪치고, 비명이, 가구가……. 효내의 손끝에서 붓이 말라 갔다. 다림이가 아직까지는 눈을 감은 채로 칭얼대기 시작했고 상낙이 부스럭거리며 몸을 일으켰다.

"이게 무슨 난리래, 적당히 좀 하지."

"경찰에 신고 안 해도 될까?"

그때 또 한 번 쿵, 소리와 함께 아이의 울음소리가 높아 갔다. 하지 마, 하지 마아악.

"남의 집 부부싸움에 누가 온다고."

"요즘 세상은 또 안 그렇잖아. 할까? 바로 할까?"

효내는 초조해지기 시작했다. 남의 집안일에 신경 쓰는 성격은 아니었고 누가 싸우든지 관심 없었지만 누군가가 일방적으로 구타를 당하는 상황이라면 얘기가 달랐으며 지근거리에서 들려오는 소리를 모르는 척하고 그림에 집중할 만큼 신경 줄이 두껍지는 않았다.

"저러다 말겠지, 뭐."

상낙은 잠에서 깬 김에 화장실에 가느라 머리를 긁으며 자리에서 일어났다. 효내는 붓을 내려놓고 이부자리에 다가가 끙끙대는 다림이의 가슴을 가만가만 쓸어내렸다. 어느 집에서 벌어진 사달인지 몰라도 아침저녁으로 빤히 보는데 서로 눈 마주치기 겸연쩍어 어쩌나.

빌라에서 살 때도 어디서든 마찰과 이견의 소리는 자주 들려왔고, 특히 그곳은 지금보다 좁고 현관 간 거리도 몇 발짝 되지 않는 데다 구조며 내력벽이 좋지 않았으므로 소리가 더욱 선명하게 들려오는 한편 아이 없는 동거인이나 독신이 더 많았으며 때때로 철문 밖으로 교성이 들려오기도 해서 효내는 대낮에 층계참을 올라갈 때도 발소리를 있는 힘껏 죽였다. 그러나 그때는 사정이 달랐던 게, 생활환경과 활동 반경 및 시간대가 천차만별인 사람들이 번화가를 앞둔 골목에 살고 있었고 상가 건물과 빌라마다 간격 또한 빡빡했으니, 취객들의 싸움이며 각종 트러블에 소음으로 민원은 언제나 강물처럼 흘러넘치는 형편이었다. 그리고 이튿날 혹여 소음의 당사자로 추정되는 이들과 마주치더라도 서로 눈도 안 마주치고 제 갈 길 가는 게 보통이었다. 나이도 열 살쯤 어린 사람들한테 간밤에 그 집에 무슨 일 있었느냐고 참견할 오지랖도 되지 않을뿐더러 삶에 있는 대로 찌들어 공연히 남들 집안에 대해 말 지어내거나 부풀리는 일 외엔 관심사가 없는 아줌마로 그들 눈에 비치기는 싫었다.

지금은 피치 못하게 서로 나이대도 생활 방식도 비슷한 사람들이 순수하고 청량한 공기를 벗 삼는 공간에 외따로이 살고들 있는데, 더구나 아이들을 돌보는 문제로 매일 인사하고 아무 소재든지 일상의 잡담을 나누지 않을 수 없는데…… 내일 모임에 안 나오는 아이가 있다면 그 집이겠거니 짐작하면 그만일까. 신고는 관두더라도 가서 말리는 척이라도 해야 하나. 모르는 척 귀 닫는 것과 뜯어말리는 시늉으로 당사자들을 진정시키는 일 가운데 어느 쪽이 이웃의 도리인가. 상식을 지닌 부부라면 사람들이 몰려갈 때 부끄러워서라도 중단할 텐데, 남의 눈과 귀를 생각해서 전율이나 분노를 터뜨리지 않고 품에 넣어 두도록 종용하는 것이 미덕인가……. 미덕이고 더덕이고 지금 다들 자는 시간에 저 짓들이니 가서 한마디 할 권리 정도는 있는 건가…….

그런 생각이 머릿속을 훑고 휘감는 동안에도 둔탁한 타격과 전도의 소리가, 그 사이로 외침과 울음이 들려왔다. 어느 정도껏 하고 멈추지 않는다면, 범죄적 상황이든 알고 봤더니 섹스였든 간에 누군가가 잠 좀 잡시다, 소음의 진원지를 찾아 문을 두드려도 이상하지 않을 터였다. 어느 집이든 먼저 움직이는 기척이 있으면 그때 같이 나가 볼까. 그러자니 뭐 구경났

다고 남의 불행을 신나게 소비하러 뛰쳐나가는 사람이 되고
싶지도 않았다. 이 개…… 내가 ……라고…… 다 찢어서……
만날 ……하더니…… 그 꼬라지를 ……뒤집어……. 부부 사
이에서 오가는 악다구니와 호통은 곳곳이 뭉개져 알아들을
수 없었지만 때때로 보증이 어쩌고, 주식이 어쩌고 하는 낱말
이 귓전에 포착되는 걸로 보아 가계 문제인 모양이었다.

경제난이란 가장 흔한 싸움의 원인이지, 아무렴. 그러나 사
람 사이에서 벌어지는 문제 가운데 그렇게 전후 관계가 명료
한 사안은 존재하지 않았다. 보증이니 주식이니 덜컥 겁나는
얘기처럼 들려도 당장 압류 딱지 붙고 거리에 나앉을 상황이
아니라면, 그런 말들도 실은 모두 어디 다른 구석에서 뻗어
나온 가지의 끝자락에 불과할지도. 시발점은 남편의 휴대전
화에서 뜻 모를 지출 내역이나 여성으로 짐작되는 누군가의
묘한 문자를 발견한 데 있었을지도. 또는 그보다 더욱 대단치
않은 일가족 단톡방 같은 데서 시작했을지도.

이를테면 효내는 시부모와 시누이와 그의 남편, 시동생과
그의 부인 등 여덟 명이 있는 단톡방에서 지리멸렬한 정치 얘
기라든지 카더라 통신에 가까운 생활 건강 정보가 오가는 걸
견디기 어려웠으나 눈치가 보여 탈퇴하지 못하고 한참을 앓다
가, 시누이 남편이 이번 선거에선 반드시 누구누구를 찍어야
한다는 얘기와 함께 걸어 놓은 기사 링크를 보곤 진절머리가

나서 아예 카톡 계정을 삭제했다는, 도대체가 이유 같지도 않은 이유로 시누이와 티격나고서 시누이 결혼 때 축의금을 얼마 했는지 계산기 숫자까지 새로 찍다가 상낙과 한판 크게 벌어진 적 있었다. 그때 상낙이 홧김에 어깨를 슬쩍 밀치자, 대단찮게 넘어졌으나 본때를 보여 주기 위해 바로 병원에 4주짜리 진단서를 끊으러 간 효내는 다림이가 생겼다는 사실을 알고 절망과 갈등의 진폭과 낙차를 어떻게 수습해야 할지 알 수 없어 혼란에 빠진 채로 그 자리에서 아예 입원을 해 버렸으며, 임신한 부인을 밀쳤다는 데 대해 충격받은 상낙은 8인실로 기어 들어와 석고대죄를 펼치는 바람에 다른 입원 환자들이 웃음과 함께 이건 부인이 용서해 주지 않을 수 없다고 한마디씩 거들어 일은 흐지부지되었다.

닥쳐, 이거 안 놔, 꺼지라고! 이게 무슨…….

이어서 쿠당탕 소리가 나는 걸 보니 어느 쪽인가가 또 넘어져 굴렀나 보았다. 다림이가 본격적으로 깨어 울기 시작했고 효내는 아이의 가슴을 토닥거렸다. 몇몇 집의 철제 현관문이 무겁게 열렸다 닫히는 소리. 어느 집이에요? 아 좀 진짜, 왜들 그러지, 말로 하자고요 살살. 주인과 대상 모를 말이 뒤섞여 허공에 열없이 부서졌다. 변기 물을 내리며 욕실에서 나온 상낙도 의자에서 바람막이를 낚아채더니 중얼거렸다.

"딴 집들도 뛰쳐나왔나 보네. 좀 살피고 올게, 다림이랑 여기 있어."

그저 달래고 다독여서 풀리는 일이 아니라 누군가를 말리고 뒤엉킨 걸 뜯어내야 하는 상황이 온다면 상낙이 가는 게 도움이 될 터였다. 효내는 눈물을 눈가에 달고 두리번거리는 다림이에게 애써 미소를 보이며 품에 안았다. 곧 눈을 깜박거리던 아이는 눈시울에 매달린 잠기운의 무게를 떨치지 못하고 고른 숨을 내쉬기 시작했다. 이 마당에 편하게 싸울 수 있는 다른 집으로 이사해야겠다는 생각이 들 만큼 여유롭지도 않았고 현실적으로 가능한 일도 아니었으나, 아이의 머릿수와 관계없이 이곳에서 기대만큼 오래 지내기는 어렵겠다는 예상만은 입속에서 상시 신경을 거스르는 헛바늘처럼 돋아났다.

오전, 간밤의 소동과 무관하게 홍단희의 집에는 빠진 아이들 없이 다 모였다. 달라진 점이라면 평소보다 한 시간 남짓 늦게 일과가 시작됐다는 것, 거의 매번 아이들의 주 요리를 담당하여 날라 준 강교원이 이 자리에 없다는 것이었다.

간밤 골절 같은 큰 사고까지는 발생하지 않았으나 강교원은 티브이 장 모서리에 옆 이마가 찍혀 피를 흘렸고 고여산은 목과 뺨 여기저기가 할퀴어 그보다 규모가 작은 출혈이 있었다. 사람들이 모여들어 현관문을 두드렸을 때 문을 연 사람은 고여산이었다. 그는 이웃들을 맞이하자 이제 안심이라는 듯한 표정과 침착한 태도를 지으며 소란 피워 죄송하다는 말을 먼저 꺼냈고, 그 때문에 사태의 원인은 절대적으로 그가 아니라 이성을 놓고 길길이 뛰던 참인 강교원으로 보였다. 둘러선 이들은 서로의 얼굴을 마주 보며 난감하다는 눈빛을 교환하다가 신재강이 담배나 한 대 태우자며 고여산을 억지로 끌고 나갔다. 결정적으로 두 사람 모두 비흡연자인 걸 아는 손상낙은 어찌할 바를 몰라 하며 양쪽을 두리번거리다 그들을 따라나섰고, 강교원은 사자후 같은 포효와 함께 울음을 터뜨리곤 바닥에 주저앉았다.

잠깐 실례 좀 하겠습니다, 은오와 요진이 들어가 우는 아이들을 안고 달래는 동안 홍단희는 거실의 티슈를 뽑아 피가 흐르는 강교원의 이마에 대고 눌렀다. 그래요, 알았어요. 어쩌나, 일단 진정하고. 숨 깊이 쉬어 봐요. 구급차를 부르지 않아도 되겠는지 걱정스러워하는 은오의 지나가는 물음은 폭포처럼 쏟아지는 통곡에 그대로 묻혔다.

대강 이마를 틀어막아 눌렀으나 출혈이 쉽게 멎지 않아 결국 새벽에 은오가 강교원을 태우고 응급실에 다녀왔다. 고여산이 운전하는 차 같은 건 탈 수 없다며 강교원이 절규하기도 했고, 고여산 또한 감정이 가라앉지 않아 운전이 가능한 상태는 아니었다.

응급실로 들어섰더니 접수처에서나 의료진이나 그더러 환

자분의 배우자 되시냐고 자동 녹음기처럼 물어서 은오는 당황했다. 이웃이에요, 이웃. 두어 바늘 꿰맨 뒤 진정제를 맞고 잠든 강교원의 베드 옆에서 어정쩡하게 대기하기도 고역이었다.

어쩌다 남의 부인을 데리고 자신이 이런 데 와서 그녀의 치료가 끝나기를 기다리며 경과보고를 그녀의 남편에게 문자로 넣어야 하는지, 상황이 상황인 만큼 별수 없지만 기묘한 기분이 들어 최대한 건조하고도 간략하게 송신했다. 걱정할 정도는 아니라 하고 흉터도 아주 살짝 남을 거랍니다. 고여산도 짧게 답 문자를 보내온 게 다였다. 알았습니다, 고맙습니다. 본인의 아내를 데리고 있으며 교통편마저 마땅치 않아 치료를 마칠 때까지 기다렸다가 운전기사 노릇을 하기로 낙찰된 사람에게 수고를 끼쳐 미안하다든지 같은 말은 따로 없었다.

링거 한 팩을 맞고 깨어난 강교원을 다시 차에 태워 공동주택으로 돌아왔을 때 시간은 이미 오전 10시경이었고, 당연한 일이지만 일 나가는 사람들은 모두 출근한 뒤였으며 고여산 또한 예외가 아니었다. 강교원은 끝장을 보지도 못했는데 이 인간이 나 몰라라 내던지고 출근했다면서 — 천재지변이나 가족 장례 같은 큰 변고가 아니면 감정적 문제에다 뺨에 기스 좀 났다고 일을 쉬기 어려우리라는 사실 정도는 직장에 다니지 않는 은오도 아는 바였으며 강교원은 다만 뭔가 분노의 끝자락을 붙들고 늘어질 대상이 필요할 뿐으로 보였으나 ── 제풀에 다시 뒷목을 잡고 쓰러지기 일보 직전이었으므로 은오가 집까지 부축해 주었다.

홍단희는 언제 끓였는지 전복죽 냄비와 보리차 주전자가 놓인 쟁반을 협탁에 내려 두었다. 세아와 우빈이를 저녁때까지 계속 데리고 있어 줄 테니 아무 생각 말고 푹 자라고 위로하곤 그 집에서 은오와 함께 나왔다.

"심신이 불안정한 엄마와 함께 두어 봤자 아이들에게 좋지 않겠죠. 돌아오는 길에 교원 씨가 뭐 얘기한 거 없어요? 왜 싸웠다든지."

은오는 내내 한마디 말 없이 운전대를 붙잡고 앞만 봤던 스스로를 떠올리며 고개 흔들었다.

"아뇨, 그거 물어봤어야 하나요? 상태가 좋지 않으시기에 뒷자리에서 쭉 쉬시게 됐는데요."

홍단희는 실소하며 손을 내저었다.

"그렇게까진 아닌데, 여러 사람 자는 데서 그 난리를 피웠으면 실은 이런 일 때문에 그랬다든지 변명이라도 있을 줄 알았죠. 그래야 공감이라도 해 주지. 안 그렇겠어요? 덕분에 다들 잠 설쳐서 빨간 눈으로 출근했는데 영문도 모르고 그런가 보다 하면 답답해요, 안 답답해요?"

한밤중에 벌어진 총체적 난국에 개입한 이웃으로서 적절한 보상으로 전후사정을 낱낱이 들을 권리가 있다는 듯한 홍단희의 화법에 서름한 장벽을 느끼며 은오는 대답했다.

"저는 그야말로 한참 병원 나가 있다 들어왔으니까요. 재강 씨가 뭐 언질 준 거 없고요?"

말하는 동안 홍단희의 집 앞에 이르렀고, 철문 너머에서 아이들이 노래 부르는 소리가 들려왔다.

"언질은요 무슨, 뭐 좀 그럴 일이 있대 잘 몰라, 하고 말죠."

푸념처럼 내뱉으며 홍단희는 현관을 열었다.

우빈이는 간밤 엄마 아빠의 그 같은 모습에 받은 충격이 아직 가시지 않은 듯 함께 노래를 부르지 않고 입을 다문 채 다른 아이들로부터 조금 떨어져 앉아 장난감을 만지작거리고 있었으며, 세아는 아직 전후 사정을 파악 못 할 나이지만 분위기에 영향을 입기는 했는지 다소 지친 얼굴로 문간방에서 잠들어 있었다.

은오가 강교원을 데리고 시내 응급실에서 체류하는 동안 요진은 신재강과 동반 출근 중이었다. 신재강이 운전하는 차는 처음 타 보았으므로 요진은 차에 오르기 전에 발을 몇 번 굴러 공연히 먼지를 떨어내는 시늉을 했고 타면서도 잘 관리된 차의 외관과 내부 규모에 압도되어 쭈뼛거렸다. 그 전에도 마당에서 수차례 보아 왔던 차지만 직접 타는 것은 느낌이 또 달랐다. 이런, 포드 익스플로러를 몰던 사람이 10년 된 소형차 조수석에서 그동안 고생이었겠네.

"그, 두 분은 왜 그러셨던 걸까요, 간밤에."

평소와 반대의 입장이 되어 차의 물결을 따라가는 동안 딱히 할 말이 없어서 먼저 꺼내 놓고 요진은 무책임한 말임을 바로 알아챘으며, 자신이 남 얘기나 캐기 좋아하는 사람으로 보일 것도 마음 쓰이자 실은 별로 궁금하지도 않았다는 티를 내기 위해 혼잣말처럼 덧붙였다.

"하긴 뭐, 다들 그러고 사는 거지만."

"요진 씨는 그렇게 크게 싸워 보신 적 있으세요?"

"우발적 사고든 작정하고 그랬든 피를 본 적은 없어요. 소리는 지르고 이것저것 던지기도 하지만 주로 안 깨지는 거, 치우기도 쉬운 걸로, 티슈 갑이나 플라스틱 쟁반 같은."

"어유, 그럼 그동안 답답해서 어떻게 지내셨어요?"

신재강이 운전대를 잡지 않은 나머지 한쪽 손으로 어깻짓을 과장되게 하며 농담으로 응수하자, 요진은 남의 집안 우환을 두고 아침부터 출근길 안줏거리로 삼는다는 인간적인 죄책감의 귀퉁이를 세모꼴로 접어 두고 웃었다.

"답답은 뭘요, 스트레스 풀자고 싸우나요. 일이 안 풀리니까 저절로 그리되는 거죠. 이틀이 멀다 하고 그러면 어찌 살겠어요."

"그래도 궁금하네요. 하도 조용히 살아 그런가, 요진 씨 소리 지르면 어떻게 되나 들어 보고 싶네요."

되긴 뭐가 어떻게 돼. 몇 회전이나 꼬아 듣느냐에 따라 의미가 다소 난감해질 수 있는 말에 요진은 잠깐 멈칫하다가 시선을 창밖으로 돌렸다.

"뭐, 다음에 저희 집에서 싸움 나면 어젯밤처럼 오세요, 보실 수 있어요."

"하하. 그렇다고 일부러 건수 만들어다 한판 뜨진 마시고요."

언제나 선을 넘어올 듯 말 듯한 자리에서 신재강의 말과 행동은 종료되었다. 물론 선의 기준이 사람마다 다르니 요진이 어느 순간 허용하지 않겠다는 단호한 표정으로 그의 말을 싸늘하게 자르거나 거절해도 그만이었다. 요진이 불편하고 불쾌하면 곧 그것이 선을 넘는 일이었다. 그러나 요진은 가능한 한 '누가 봐도 이상하며 그럴듯하지 않은' 일에 반응하고 싶었다. 해석의 방식과 범위에 따라 불쾌지수가 널뛰는 일에 낱낱이 발끈함으로써 서로에게 개운치 않은 뒷맛을 초래하고 싶지 않았다. 정확하게는 피곤한 여자로, 웃자고 하는 말에 죽자고 달려드는 예민한 이웃으로 간주되기 싫었다. 좋은 게 좋은 줄 알며, 사소한 농담에 호응해 주는 현명하고 지혜로운 사회인이 되는 게 바람직했다. 호젓하고 의지가지없는 소규모 공동주택으로 이사 와서만이 아니라, 약국에서 수많은 아픈 사람들을 대하는 동안 요진은 세상 모두를 손님으로 인정하고 접객을 할 수도 있을 것처럼 일상의 근육이 잡혀 있었다.

　무엇보다 자신이 왜 먼저 단호한 표정을 지어 보여야 하는지, 표정을 지어 보일 적절한 타이밍을 재는 스스로가 마음에 들지 않았다. 뭐가 됐든 그가 어느 순간 멈춰 버린 빈 자리에 대고 항의하는 우스운 꼴은 되고 싶지 않았다. 무슨 뜻으로 그런 말씀을 하시는 거예요? 그 어떤 사람도 이런 소극적인 항의에 정직하게 의중을 밝혀 줄 리 없으며 그럴 경우 반드시 이쪽의 입에서 먼저 말이 나가게 된다. 남의 집 여자가 소리 지르는 거 들어 보고 싶다니 무슨 소린가요? 그게 그런, 뜻으로 하시는 말씀 아닌가요? 당신의 의도는 어떤지 몰라도 저는 듣기 거북합니다. 농담이더라도 앞으로 주의해 주시면 고맙겠습니다. 그러면 상대방은 기도 안 찬다는 표정으로 혀를 차며 고개를 저을 것이다. 와, 당신 앞에서는 이후로 그 어떤 말도 못 하겠군요. 어떻게 그게 그런, 얘기가 됩니까? 소리 지르는 거 들어 보고 싶다는 말에서 대뜸 교성을 연상한다면 그게 미친 거고 네 귀에 음란 마귀가 끼인 거 아니냐, 맘만 먹으면 누구라도 그리 웃어넘기며 손가락질할 상황이었다. 발화 당사자의 미묘한 제스처나 그 자리의 공기, 청자의 심리가 지워진다는 점이, 언어 자체가 지닌 약점이었다.

　상대방 한 명만 흰 눈을 뜨고 무시하는 걸로 끝나면 다행이지만 보통 그런 뒤에는 동네방네 소문이 나게 마련이었다. 그녀가 세상에, 말을 그런 식으로 하더라니까요. 평소 어떤 생활과 생각을 해야 그런 말도 안 되는 장면을 떠올릴 수 있을까요. 누가 언제 자기랑 그 짓을 해 보고 싶다거나 하는 거 보고 싶다는 얘기 비슷하게라도 한 적 있냐 말입니다. 자기 얼굴이랑 나이 좀 생각하고 말하지. 피해망상이 살짝 있으신지도……. 그것이 오해였든 진실이었든 간에 공동체 생활에 잡음을 가져온 장본인으로 찍히고 나면 모든 주민과의 관계는 파탄이 나고, 그런 상태로는 입주한 지 얼마 안 된 주택에서 더 이상 평범한 인사와 몸짓과 말을 건네며 살기 어려울 터였다. 요진은 얼굴을 굳히지 않고 농담을 농담으로 잘 받아넘긴 스스로에게 맘속으로 엄지손가락을 척 들어 올렸다.

"이따 8시에 맞춰 데리러 올게요."

약국 건너편 도로변에 차를 대고 재강이 말하자 요진은 입장이 바뀐 데 대한 부담을 드러내지 않으려고 애쓰며 말했다.

"좀 더 늦어져도 저는 괜찮으니까 일 보실 거 다 보고 오세요."

신재강은 정규직이고 가장이며, 요진 자신은 언제 그만두게 돼도 이상하지 않은 알바를 하고 있다는 데에서 우선순위와 서열은 명백했다. 더구나 약국 보조란 보통 한동네 살면서 수월하게 오고 가는 일이어야 하는데 친족 관계라 쉽게 던지기도 무엇하고, 약사 언니는 언니대로 멀리 이사 간 요진이 매일같이 출퇴근하는 것을 다소 난감해하면서도 요진의 사정을 아는 만큼 그만두면 어떻겠느냐는 얘기를 먼저 꺼내지 않고 있었다.

"하하, 그건 제가 알아서 하니까 신경 쓰지 마세요. 아니면 저랑 그렇게 늦게까지 같이 있고 싶으세요?"

신재강이 차 문을 열고 나가는 요진의 등을 두드렸다. 시간이 늦어지다뿐이지 더 오랫동안 함께 시간을 보내는 게 아닌데. 그 제멋대로의 셈법에 요진은 뒤를 돌아보지 않고 어깨를 움츠렸다.

퇴근하여 도착한 주택 앞마당에는 은오와 홍단희가 왠지 마중이라도 나온 사람들처럼 나란히 서 있었다.

"왜들 나와 계셔요?"

먼저 차 문을 열고 내리며 요진은 고개를 기우뚱했다. 두 사람이 밤의 희미한 달빛 아래로도 선명히 드러나는 긴장된 얼굴과 포즈로 무언가의 공모자처럼 서 있을 까닭이 있나.

"그러게, 사람 언제 올 줄 알고."

신재강이 따라 내리며 덧붙이는데 홍단희는 그 말을 무시하고 요진에게 말했다.

"만날 퇴근해선 시율이 자는 얼굴만 보니 딱해서 어쩌나. 약국 일이란 건 매일같이 이렇게 늦는 거예요?"

평소 귀가보다 20분가량 지체됐을 뿐인데 생전 안 묻던 걸 묻다니 요진은 의아했다.

"동네가 그렇게 한가롭지 않아요, 병원 건물 옆에 있어서."

요진은 다르게 말할 수도 있었다. 오늘따라 길이 좀 막혔네요. 또는 더욱 사실에 가까운 쪽으로 말할 수도 있었다. 제가 아니라 신재강 씨 업무에 맞췄으니 당연하지요. 원래도 더 늦을 뻔한 걸 신재강 씨가 서둘러 마쳤어요. 그러나 밤낮 애 자는 얼굴만 봐서 어쩌느냐는, 본질적으로 핀잔에 가까운 말이란 친정이나 시가 어른들이 건네도 썩 듣기 좋지 않은 참견이었으므로, 자연히 요진의 말은 자신이 어디서 놀다 온 게 아니라는 걸 시위하는 의도에 방점을 찍었다.

"내가 늦었어, 내 일이. 알면서 그래. 뭐 문제 있었어요?"

신재강이 차 문을 닫고 다가와 끼어들었다.

"그렇지, 그게 중요한 게 아니라 요진 씨, 자기 놀랄까 봐 내가 이거 말해 주려고 기다렸어요. 시율이가 낮에 좀."

"시율이가 왜요?"

딸의 이름에 요진의 목소리가 날카로워지자 은오가 방어적으로 나섰다.

"살짝 좀 싸웠어, 애들하고."

"다 자기보다 어린 애들인데 싸우긴 뭘 싸워?"

시율이가 어디 그럴 애야?라고 덧붙일 뻔한 걸 요진은 참왔다. 내 자식만은 그럴 리 없다는 말이, 공동생활에 있어서 최후의 최후에나 불거져야 마땅한 금기어라는 정도는 인식하고 있었다.

"일단 안으로 들어가서 이야기합시다."

신재강이 홍단희의 등을 슬슬 밀며 이끌었다.

원래 영유아들 사이에 여섯 살 애가 하나 있으면, 게다가 그게 형이 아닌 누나이기까지 하면 자연히 동생들을 챙기는 포지션이 되리라는 걸 요진도 아주 예상 못 한 바는 아니었으나, 그 전까지 외동딸로 살아온 시율이가 환경이 바뀌었다고 해서 태도나 행동이 크게 달라지지는 않을 줄 알았다. 다른 아이들과 함께 어울리는 것은 언제라도 겪어서 해가 되지는 않을 경험이었고, 어차피 나중에 누나가 될 것 같으면 예행연습이기도 할 텐데 괜찮지 않겠느냐며 은오도 대수롭지 않게 여겼었다. 오늘은 특히 우빈이와 세아의 기분이 좋지 않았으므로 놀이 활동 시간에 시율이는 그 애들 옆에 착 붙어서 이런저런 장난감을 챙겨 주었고, 미술 활동 시간에도 우빈이 앞으로 크레파스며 색종이를 밀어 주었다. 그런 모습은 은오가 직접 눈치채지 못하고 조효내가 옆으로 다가와 귀띔해 주어 알게 된 사실이었다.

조효내의 말을 듣고 시율이를 관찰해 보니 과연 그랬다. 역시 여자아이인 만큼 다른 사람의 기분을 잘 살피는 섬세한 구석이 있다며 은오는 대견해하고 있었는데, 연속으로 우빈이만 돌봐 준다는 느낌이 들었는지 정협이가 와서 다짜고짜 시율이의 머리를 때렸다고 한다. 시율이가 깜짝 놀라 자기도 모르게 정협이를 밀쳐 넘어뜨렸고, 누가 말릴 틈도 없이 정목이가 뛰어들어 시율이 머리카락을 잡아당기고 발로 찼다는 것이다. 조효내는 다른 방에서 세아와 다림이의 기저귀를 갈던 중이었고, 홍단희는 미리 만들어 둔 오후 간식을 세팅하고 있었다. 은오가 먼저 나가떨어진 정협이를 안아 일으키던 중에 이 사고가 일어난 것이라 시율이한테서 정목이를 떼어 내는 데에 시간이 조금 걸렸고, 그 난리를 보자 우빈이가 먼저 울기 시작하여 결국 은오는 네 명의 아이가 합창으로 울어 대는 사태를 막지 못했다.

약을 먹고 잠들었다는 강교원을 제외하더라도 어른이 세 명이었는데, 일단 일이 벌어지기로 작정하면 머릿수는 아무 소용이 없었다. 넘어지고 구르면서 바닥에 입을 부딪친 시율이는 윗입술이 찢어져 피가 났으나 이에는 이상이 없다고 했다.

언뜻 듣기에는 어느 어린이집이나 유치원에 다녔더라도 있을 수 있는 사고였고, 어른들이 그 상황을 통제할 수 없었던 물리적인 이유도 요진은 짐작할 수 있었으며, 무엇보다 자신이 그 자리에 있지 않았던 이상 아이들 간의 우발적인 사고가 어른들의 관리 부실 탓이라고 섣불리 판단할 자격은 없었다. 이미 발생한 일에 대해 홍단희가 아이들을 불러다 철저히 사과를 시켰다는 사실도 잘 알았다.

그러나 구겨진 종잇장 같은 요진의 신경을 쏠아 대는 지점은 따로 있었다. 어른이 셋이나 있는데 왜 시율이는 동생들을 돌보는 역할을 자연스럽게 하게 되었나. 누가 시율이를 지목하여 맡기지 않았더라도 어떻게 분위기가 그토록 당연하다는 듯 형성되었나. 게다가 은오가 잠들기 전 안 그래도 속상할 시율이에게 들려줬다는 말이 요진의 내부에서 둥지를 튼 서어함에 정점을 찍었다. 시율이는 착한 아이니까, 네가 제일 큰누나니까 이해해 줄 거지? 정협이가 시율이 좋아하는데 시율이누나는 우빈이만 본다고, 그래서 서운하다고, 행동이 그렇게잘못 나왔대. 아직 어려서 뭘 모르니까 동생 용서해 주자?

어쩌면 은오가 일을 나가고 요진이 집에 있었더라도, 요진이 그 현장을 치르고 나서 시율이에게 들려줄 말은 크게 다르지 않았을지도 모른다. 그러나 요진이었다면, 애당초 시율이한테 '어쩌다가' 짐이 실리는 사태만은 최대한 막았을지도 모른다. 시율이가 그것을 의무로 느끼고 있었는지, 실제 짐으로 여겼을지 또는 반대로 기꺼워하고 있었을지는 별개의 문제였다.

"피는 금방 멎었는데 자고 일어나면 입술 부을 거예요. 내가 너무 걱정되고 죄송해서, 맞다, 그거."

홍단희는 뒤늦게 생각났다는 듯 티브이 장 서랍을 열어 작은 화장품 케이스를 가져왔다.

"수제 천연 연고인데 나쁜 거 하나 안 들었어요. 아는 엄마가 직접 만들어서 부쳐 준 거야. 내일 일어나면 이거 꼭 발라 줘요. 하루에 몇 번 발라도 상관없고, 아주 집에 두고 써요."

요진은 말없이 연고를 받아 만지작거리며 케이스를 내려다보았다. 호호바오일이며 당귀니 시어버터나 어성초에 유칼립투스를 들먹이는 홍단희의 말이 귀에 잘 들어오지 않았다. 이때 요진의 표정이 그대로 굳어질 틈을 주지 않고 은오의 말이 옆구리를 찌르듯 들어왔다.

"아이고, 이렇게 신경 써 주셔서 오히려 저희가 민망한걸요. 아이들 사이에 으레 있을 법한 일이고 괜찮습니다."

"은오 씨가 그리 말해 주니 나도 안심은 되는데요, 애들 마음이 또 그렇지가 않아요. 당분간 속상할지도 몰라. 내일은 교원 씨도 정신 차려 갖고 나올 테고, 내가 옆에 딱 붙어서 그런 일 없게 할게요. 응?"

홍단희가 이렇게까지 말하는데 요진은 뭐라고 토를 달 수가 없어서 어색한 미소로 대답을 때웠다. 자신의 마음은 어딘가 용납되지 않는데 이미 형성된 분위기가 그 용납되지 않음을 용납하지 않을 때, 이럴 때 할 수 있는 가장 효과적인 일은 화제 전환 정도였다.

"그러고 보니 교원 씨는 좀 괜찮으신가요."

"내내 죽은 듯이 자다가, 그래도 새끼 생각해서 자기가 어쩔 거야, 정신 챙겨야지. 이 와중에 여산 씨는 무슨 워크숍이라고 1박 2일로 어딜 또 갔지 뭐예요. 다녀오면 서로 데면데면 좀 하다가 다시 그냥저냥 지내고 하는 거죠, 뭐."

데면데면하다 그냥저냥. 정말 그런 걸까. 이 상황이 뭐 좋은 금붙이나 된다고 그렇게 묻고 지나가 버린 다음, 훗날 기회가 닿았을 때 다시 캐내어 더 큰 구멍을 만들고. 그러려고 사는 거 맞나, 부부가. 요진은 그와 같은 식으로, 은오와 더 이상 말하지 않고 묻었던 일들의 목록을 떠올렸다. 아슬아슬하게나마 유지해 온 형태를 깨기 싫어서, 시율이가 볼까 봐, 어른들이 편찮으셔서…… 해결하지 않거나 못하고 다만 안 보이게 덮어 두었던 날들의 날짜를 세었다. 무덤 속 유골보다 깊이 매장한 감정들, 그와 함께 부장품으로 한데 묻은 현실 인식들 모두 근근한 일상 앞에서 사치에 불과했던 순간들을 기억했다.

이런 상태에서 둘째라니. 셋째는 더욱 초현실의 영역이었다. 그건 의학의 진보나 개인의 체력 및 면역력과, '그래도 아직 살 만한 세상'을 이루는 데 일조하는 공동체 의식과 아무런 상관이 없었다.

그러다 보니 말하지 못했다. 시율이에 대해, 시율이의 상처를 생각하는 마당에 꺼내도 될 법한 얘기가 아니어서 요진은 은오에게 말하지 못했다. 돌아오는 차 안에서 신재강이 자신에게 어떻게 했는지를. 그 애매모호한 상황을 효과적으로 묘사하여 은오를 이해시키는 데에는 이루 말할 수 없이 섬세한 사고 회로와 큰 에너지가 필요할 터였다.

신재강은 그저 낮에 인터넷에서 본 사회면 기사에 대해 얘기했고, 요진도 내용을 아는 기사라 고개를 끄덕이며 들었을 뿐이었다. 생각해 보세요, 이렇게 그냥, 슬쩍 한번, 사람 구해 주려다가 딱 붙들었는데 그걸 갖고 민감하게 굴면 앞으로 무서워서 누굴 구해요. 안 그러겠어요? 내가 만약 이 상황에서 어쩔 수 없이 요진 씨 허리를 꽉 끌어안았다, 하면 요진 씨 기분 나쁘겠어요? 내가 기껏 요진 씨 놓치지 않으려고 잡아당겼는데 어쩌다 보니 둘이 딱 붙어서 가슴이나 엉덩이 뭐 어디 중요한 데가 닿았다, 이건 넘어가 줘야 하는 거 아닙니까? 요진은 난처한 기색으로 웃으며 따지듯이 묻기를, 구급대원도 그래서 힘들겠어요 그런데 자꾸만 왜 하필 저를 예로 드세요, 했고 신재강은 아니 말이 그렇다는 거죠, 했다.

그 과정에서 신재강이 손끝 하나 댄 적 없는데 이웃집 여자에게 허리니 가슴이니 들먹였다는 사실만으로 그를 못마땅하게 여겨도 되는 건지 요진은 확신할 수 없었고, 무엇보다도 피붙이인 시율이가 몇 살 차이 나지 않는 또래에게 위해를 당했는데도 네가 참고 이해하라는 위로 같지 않은 위로로 마무리한 은오가, 고작 이 정도 말에 공감이나 반응을 보일 성싶지 않았다. 구체적 행동으로, 만질 수 있는 형태로 실제 눈앞에서 이루어지기 전까지 말은 아무것도 아니라는 걸, 오랫동안 시나리오와 트리트먼트를 만지작거리던 사람으로선 더욱 잘 알 터였으므로.

그러니 역시 아무 일도 없었던 것으로. 신재강의 입 밖으로 나온 말은 실행에 옮겨지지 않은 채 그대로 허공에 증발한 것으로.

그러면서도 요진은 인터넷 검색창에 그 용도를 아직 확신하기 어려운 '초소형 녹음기'를 입력하고 있었다.

여섯 명의 아이들 중 제일 원기 왕성하고 소란스러운 남자아이 둘이 한꺼번에 자리를 비우니 아파트 안팎이 한산했고, 온몸의 감각이 첨예하게 일어난 지금의 교원이 자신의 감정적 과장을 보태자면, 수백 미터 밖에서 흐르는 개울물 소리까지 들려온다는 착각에 빠져도 무방할 정도로 고요가 감돌았다.

우선 홍단희가 주말에 아버지 고희연이라고 정목이와 정협이를 데리고 먼저 친정에 가 있었고, 신재강은 오늘 근무를 마친 뒤 내일 따로 처갓집에 갈 예정이라고 했다. 조효내는 시어머니 유방암 수술이 잡혀 있어서 어제부터 다림이를 데리고 자리를 비운 참이었다. 다림이는 친정에 맡기고 조효내는 병실의 보호자용 간이침대에서 지내다가 시어머니가 퇴원하는 대로 다시 돌아오는 스케줄이므로 최소 열흘, 길면 보름 정도 부재할 것이었다.

교원은 처음에는 이런 비상시에 이웃 좋다는 게 뭐냐며, 애 키우는 엄마 마음은 엄마가 안다고, 인지상정이란 게 있으니 걱정 없이 다림이를 우리에게 맡기고 간병 다녀오시라 운을 뗐다. 원래의 컨디션이라면 아이 한 명 정도 집에 더 들어와도 웬만큼 돌볼 자신이 있었다. 분명 쉬운 일은 아니나, 부모가 모두 부재하는 상황도 아니고 아침에 손상낙이 다림이를 맡겼다가 밤에 퇴근하여 데리고 가면 되는 일이었다. 물론 그중 이틀 정도는 손상낙도 본인의 어머니 수술이니 얼굴을 비치러 다녀올 테지만 교원은 뭣하면 세 아이를 데리고 자는 일도 불가능하지 않았다. 비록 남편 여산과 한밤중에 그 난리를 피운 뒤로 줄곧 냉전 중이어서 한동안 아무렇지도 않은 얼굴로 이웃을 보기가 어색하긴 했으나, 일상은 교원의 컨디션을 기다려 주지 않고 이어졌으며 교원은 아이들을 위해 기를 써서 스스로를 회복 궤도에 올려놓았으므로 육체적으로는 무리가 아니었다.

그러나 조효내는 미소 한 번 짓지 않고 그 자리에서 바로 거절했다. 사실 교원 같아도 이웃이 그런 제안을 먼저 해 오면 마음만 감사히 받겠다고 사양했을 텐데, 서로의 속까지 내

보인 사이라도 미안함과 불안감이 없기란 힘들었다. 어린애가 엄마를 찾으며 울기라도 하면 그걸 감당할 수 있는 사람은 타인보다 친정어머니 쪽일 거였다. 설령 타인의 보호가 위생이며 친숙함 측면에서 한결 괜찮은 결과를 가져오더라도, 엄마 입장에서 안심되는 쪽을 고르자면. 익숙지 않은 병원에 머물면서 간병할 사람이 한가로이 아이 걱정까지 할 여유는 없으므로. 게다가 불과 얼마 전 고성을 올리며 싸운 집안에 아이를 맡기다니 심정적 장벽이 있으리란 점도 이해할 수 있었다.

그러나 조효내의 경우는 그런 부담이나 불안감이 주된 이유인 듯싶지 않았는데 그 점은 표정부터 드러났다. 조효내의 사전에는 고맙지만 사양할게요, 같은 인간 사회 보편의 인사가 등재되어 있지 않았다. 어린이가 태어난 이상은 어떻게든 형성되지 않기가 더 어려운 육아 네트워크에서 사양과 감사는 언제나 한 세트로 붙어 다니게 마련이며 시기적절한 미소는 그 세트를 포장한 리본과 같은 것이었는데, 조효내의 대답은 본질적인 타인에게 불필요한 신세를 지지 않겠다는 방어막에 더 가까웠고, 그것이 철저한 자기 관리나 신념에서 비롯하기보다는, 한번 다림이를 부탁하면 다음번 유사시에 자신이 세아와 우빈이를 맡아야 할지 모른다는(그럴 일이 실제로 생길 가능성이 얼마나 희박한지는 제쳐 두고) 계산에서 나온 것 같았다. 타인에게 신세 지고는 못 살며 일상의 빚을 잠깐이라도 남겨 두기 자체를 피하는, 그 어떤 여지라도 원천 봉쇄하겠다는 깔끔하고 절도 있는 성격일 수도 있었으나, 조효내의 평소 생활을 잠깐이라도 관찰하면 그와는 거리가 멀다는 걸 알 수 있었다.

개개인의 성격 나름이지만 애가 둘 되고 셋 되고 아이들이 저마다 따로따로 아프기라도 하면 그렇게 딱 잘라 자기 것만 챙기고 그 어떤 품앗이도 없이 살기란 불가능할 텐데 그때 가서 조효내는 과연 어쩌려는지. 분명 큰애 공개수업에 가느라 작은애 학예회를 못 가 보는 상황이 생길 테고, 셋째 병원 가느라 둘째를 하원 시간 맞춰 데리러 갈 수 없을 테고. 교원은 조효내 같은 개인 지상주의에 가까운 이가 어떻게 이런 형태의 공동주택에 들어올 생각을 했는지 평소에도 궁금했다. 아이들 놀이 수업 도중에도 아이들보다 집중을 못 하는 사람이 조효내였고, 자기 딸이나 건사하는 게 불가사의하달 만큼 매사에 무성의했다. 공동육아 또한 대안이 없어서 참여하고 있으며 언제라도 다른 수가 나면 빠져나가겠다는 티가 역력한 얼굴을 매일같이 마주하는 일도 고역이었고, 교원은 응급실에서 이마를 꿰매느라 꼭 한 번 불참한 것 외에는 칼같이 제 몫을 다했지만 조효내는 매일 이삼십 분씩 늦게 나타나는 게 기본이었다. 늦게라도 나타나는 게 어딘가 싶을 만큼 자기 관리가 잘되지 않는 사람에게는 간단한 유아 일일 활동지 작성 같은 것도 맡기기 힘들었다.

어쨌거나 그런 연유로 오늘의 구성원은 어린이가 시율이와 우빈이, 세아 이렇게 셋이었고 어른은 교원과 전은오 둘뿐이었다. 아이들부터가 평소의 절반이라 마음이 느슨해지기도 당연했으며 전은오 또한 모처럼이니 자연 친화적인 프로그램은 관두고 시내의 대형 키즈 카페든 어딘가로 나가는 게 어떻겠느냐고 제안한 터였다.

"아이들도 내내 물 좋고 공기 좋은 평야에만 있으니 답답하지 않을까 해서요. 방방이도 뛰어 보고 매트에도 굴러 보고, 볼풀 안에 누워도 보고 할 때가 된 것 같네요."

답답하지 않을까 해서……. 교원은 그 말이 자기한테 하는 것처럼 들렸고, 전은오가 자신의 아직 좋지 않은 상태를 염두에 두고 있음을 알았다.

"지금 택시 불러서 다녀오면 다들 퇴근하실 때까지 맞출수 있을 듯싶어요. 평일이라 사람도 많지 않을 테고."

"하루를 보내기에 나쁘지 않은 방법이긴 한데, 아이 셋을 데리고 가면 사람들이 우리를 부부로 오해하지 않겠어요?"

교원이 웃으며 이의를 제기하자 전은오는 그도 그럴 법한지 고민하는 듯 고개를 기웃하다가 이내 어깨를 으쓱해 보였다.

"뭐 어때서요. 나중에 다시 마주칠 사람들도 아닌데 그리 착각하라고 놔두면 되죠."

전은오가 대수롭지 않다는 듯 윤곽을 잡아 주고 교통정리까지 해 주니 교원은 그 전까지 신경 사이사이를 채웠던 음영이 거두어지며 한결 수월하고도 매력적인 날이 될 것만 같은 느낌에 사로잡혔고, 오늘 하루 아이들과의 일정이 이로써 이미 다 끝난 듯 여겨지기까지 했다. 인원이 적어 오늘은 솥에 국을 끓이지도 않았고 늘 먹던 몸에 좋은 나물류 밑반찬을 냉장고에서 끄집어다 세팅할 필요가 없었으며, 점심은 도심 한복판의 키즈 카페에서 해결하고 귀가하면서 저녁에 데울 피자를 사 올 것이었다. 치즈에 감자며 올리브와 베이컨이랑 온갖 토핑이 올라간, 인생에서 하루쯤은 아이들에게 먹여도 안 죽는, 기름지고 불건강하며 칼로리만 높은 만찬을 즐길 것이었다.

정말이지 교원은 제 몫으로 주어지고 대부분 스스로 선택했던 모든 일과 그것의 결과들에 이즈음 환멸을 느꼈다. 당연한 줄로 여기고 품을 들였던 매순간의 노동과 의무가 10원어치의 의미도 없다고 선고받기란 자주 있는 일이었으며, 일상에서 여산과 일가친척의 입을 통해 확인 사살당하기도 여러 번이었다. 그때마다 교원은 스스로마저 그 가치를 인정하지 않으면 끝이라는 절박감에 살림과 육아를 더욱 밀도 있게 사수하는 데 골몰했고, 그 결과는 누구나 부러워하며 좋아요 버튼을 클릭하는 각종 사진과 짧은 동영상으로 남았었다.

—그 정도로 적은 돈을 들이고 이런 인테리어가 가능하다니 보통 솜씨가 아니세요. 원단은 어디서 끊으셨는지 정보 좀…….

—이런 집이라면 남편도 매일 일찍 들어오고 싶을 듯.

—한식 조리 같은 거 따로 배우셨어요? 사진만으로도 풍미가 오는데요.

—단순히 세팅 좋고 플레이팅이 잘됐다, 사진을 잘 찍었다 정도가 아니라 이건 음식의 형태 자체가 이미 프로네요. 손길도 많이 갔겠어요.

—어린아이들이 한입에 먹기 좋게 만들어졌네요. 님 상차림 보니까 게으른 엄마는 애한테 너무 미안해지네요.

—엄마표 영어 수업에 주로 사용하신 교구 있죠, 저번 포스팅에 올리신 거요. 그럼 낱말 카드랑 부직포 벨크로 세트 구입처 좀 귀띔 부탁드릴게요.

어떤 말들이건 타임라인을 넘어가면 사라지는 찬사들에 불과했으나 어차피 무보수 노동일 바에야 기록으로 남기고 남들의 눈길 한 번이라도 더 받는 게 교원에게는 일종의 감정적 보상으로 다가오곤 했었다.

그건 모두 이 공동주택으로 이사 오기 전의 일이었다. 우빈이가 자라는 동안에도 여산은 일터를 두 번이나 옮겼고, 옮긴 이유의 대부분은 소규모 하청 업체의 고질에 해당하는 문제로 제때 지급되지 않고 밀리기 일쑤인 월급이었다. 결국 교원이 세아를 임신했을 때 여산은 가족이 경영하는 중소 회사에 정착했다. 가능하면 마지막까지 피하고 싶었던 선택지였고, 가족 회사라 더욱이 우리가 남이가 주머니 사정 빤한데…… 같은 분위기로 급여가 늦어지기 마련이었다. 예전 회사들처럼 부지하세월은 아니고 다음번 월급날이 돌아오기 전에 어떻게든 띄엄띄엄 입금이 되기는 했으나, 교원의 생활 체감온도는 그 전과 크게 다르지 않았다.

이 과정에서 가계가 파탄 나지 않으면서도 아이들에게 필요한 걸 제공할 방법은, 규모가 큰 유아동 전문 아나바다 사이트 몇 군데를 최대한으로 활용하는 것이었다. 아이를 가진 대부분의 여성들이 그렇게 살고 있으므로 유난스러운 일도 아니었다. 아이의 몸에는 고가의 아토피 보습 로션을 바르는 대신 자신의 얼굴에 바를 로션 한 통은 모두 마트 통로를 지나가다 무작위로 받은 샘플로 때우는 게 보편적인 유자녀 여성의 생활이었다.

유축기나 수유 쿠션 같은 출산 초기 용품은 대여 업체를 이용했고, 아이들 장난감이나 책, 옷이며 신발이니 유모차 등은 남이 쓰던 걸 내놓으면 저렴한 가격으로 업어 오는 게 보통이었다. 삶의 차원이 몇 단계 다른 엄마들이 모인 카페에서는 회원들이 고급 아기 띠와 탱크형 유모차를 해외에서 공동

구매로 들여오고 천이나 원목 장난감도 유기농으로 구입하여 하루가 멀다 하고 게시판에 인증 사진을 올렸는데, 교원은 그들이 다 쓴 것을 깎고 또 깎아 사서 우빈이한테 활용하고 세아에게도 물려주기 위해 잘 보관했다. 아이들의 몸은 금방 자라므로 옷을 중고로 사는 것은 기본이었다. 아이들은 싸고 토하기 외에도 각종 분비물로 몸에 닿는 속옷이 금방 닳게 마련이라 속옷과 양말만 새것으로 샀는데 굳이 그럴 필요도 없이 친구 및 시가 식구들에게서 명절이나 생일마다 선물로 꾸준히 들어왔고, 겉옷은 모두 중고로 사서 세탁해 입혔다. 어차피 금방 자라 몇 번 입고 끝나는 만큼 상세 설명에 기재된 보풀이나 떨어진 단추 한두 개 정도는 개의치 않았으며, 세탁과 수선에 조금만 신경 쓰면 해결되는 일이었다. 이렇게 입은 옷을 다시 아나바다 사이트에 내놓으면 누군가가 그걸 또 사가는 경제적인 행위가 반복됐다. 누가 알아주지 않아도 뿌듯함이 일상 구석구석에 따라붙었다. 남편이 신통치 않게 벌어다 주어도 편안한 승차감으로 아이의 척추를 보호하는 영국산 유모차를 시중의 절반가로 구할 수 있는 것은 자신의 능력이었다.

이때 물건을 꼼꼼히 살펴서 합리적인 가격으로 네고를 하는 게 필수였다. 내놓는 사람은 흠집 및 전체적 상태와 무관하게 가능하면 좋은 가격을 받고 싶어 하게 마련이었고 사는 사람 입장에서는 그 반대로 최저가로 깎기를 바랐다. 교원은 사진으로 자세히 드러나지 않은 결함이 뒤늦게 발견된 물건에 대해서는 꼬장꼬장 따져서 반품을 요구했고(펼치면 쩍 소리 나는 새 전집이라더니 모서리에 찍힘과 찢김이 있어요. 뒷면 이름 낙서도 있고요. 사전 설명에 없던 거니까 반품할게요.) 그런 경우 종일 아이 옆에 붙어 매달리는 주부들은 반품 수속도 번거롭게 여겨 물건 값이며 배송비를 더 많이 깎아 줌으로써 가능한 한 거래를 원만히 성사시키는 방향으로 사태를 조율하곤 했다. 이런 과정을 거쳐 교원이 추가로 절약한 비용만도 기백만 원에 이를 터였고 이에 재미가 들린 교원은 조금 더 무리한 네고를, 스스로는 무리하다 생각지 않고 곳곳에서 시도했으며 그러다 몇몇 사이트에서 크게 두드려 맞았다.

한 사용자가 교원이 보낸 쪽지 내용을 아이디 일부만 가려서 엄마 카페에 공개하는 바람에 생긴 일이었다. 『요술부채』 전집 시리즈 정가가 12만인 걸 개봉 후 미사용이라고 명시하고 7만에 올려놨는데 그걸 3만에 달라는 거지가 다 있네요. 제가 웬만하면 똑같이 아이 키우는 처지로 사정을 이해하고 싶지만 사람이 양심 좀 있어 봐라.

조소 담긴 코멘트와 함께 공개된, 주고받은 쪽지의 내용은 이랬다.

── 아이가 요술부채를 너무 좋아하는데 제가 사정이 많이

어렵네요. 저렴하게 주시면 안 될까요.

— 얼마나 저렴하게요? 저도 완전 새 걸 이 가격으로 처분하기 아까운데 그래도 보관 방치만 했다가 아이가 이제 이 전집은 졸업할 나이가 되어 버려서 별수 없이 내놓는 거라서요.

— 저렴할수록 좋아요. 안 되시면 어쩔 수 없고요. 괜찮습니다.

— 생각하신 가격을 우선 말씀해 보세요.

— 올리신 금액이 송포 7만이셨는데 저는 3만에 배송비 별도로 생각하고 있어요. 힘드시면 4만에 송료 별도는 어떨까해요.

쪽지는 여기서 끝나 있었고, 엄마들의 댓글 중에는 인지상정으로 얼마나 사정이 어려우면 그렇게 구걸을 했겠느냐고 안타까워하는 내용도 있었지만, 대부분은 같은 엄마가 보기에도 창피하다는 탄식이나, 저런 식으로 중고 거래가를 후려치는 일부 진상들 때문에 사람들이 모든 엄마들을 염치없는 족속으로 오해한다는 분노와 조롱이었다. 누군 뭐 호화롭게 잘살아서 제값 주고 구입하나요. 다들 허리띠는 기본으로 졸라매요. 이 쪽지 캡처는 다른 게시판으로 퍼 날라져서 '반도의 흔한 중고나라 거지맘'이라는 자극적인 타이틀을 달고 포털 사이트 메인 화면 게시판에도 올라갔다.

분명 『요술부채』는 정가가 12만 원이었지만 그건 표면상의 정가였으며 실제론 중소 도매상들의 제 살 깎아 먹기식 경쟁에 의해 7만 원 안팎에 거래되고 있다는 사실을 교원은 알고 있었다. 그러면 판매 게시글을 올린 사람이야말로 이미 개봉되어 사람 손을 한 번이라도 탄 물건을 실거래 가격 그대로 받아 잡수시겠다는 심보 아닌가. 암만 미착용 새 옷도 포장을 뜯은 순간 중고품으로 취급된다는 게 교원의 기준으로는 상식이었다. 그런 속사정이야 남들은 모른다 하면, 쪽지를 주고받은 것만은 사실이니 그렇다 치더라도 교원이 반박하고 싶은 부분은, 해당 쪽지 이후로 잘린 내용이 더 있다는 것이었다.

— 아 그렇게는 좀 어렵겠네요. 저도 이거 팔아서 다른 전집 들이려고 했던 거라서 죄송합니다.

— 예 괜찮습니다. 전혀 신경 쓰지 마세요. 좋은 하루 보내세요.

— 예 님도요. 좋은 물건 찾으시길 바라요.

안 된다는 물건에 굳이 매달린 것도 아니고, 그 가격으로 네고를 해 줄 사람도 분명 어딘가에는 있을 테니 교원은 되든 안 되든 가벼운 마음으로 한번 말이나 건네 본 것이며, 쪽지는 분명 서로의 사정을 이해하는 선에서 나쁘지 않은 분위기로 마무리했는데, 그래 놓고 돌아서서 이렇게 아이디를 완전히 가리지도 않은 채 뒤통수를 치는 건 잘하는 짓인가. 그때쯤 교원의 아이디는 이미 사방에서 몰염치에 몰상식의 표지가 되어 있었는데, 캡처와 게시물에 다른 익명의 사용자들이 달려들어 증언을 보탰기 때문이다.

— 아, 나도 이 여자 알아요. 거지 중의 상거지였죠. 애가 입던 옷 사 갔으면 당연히 닳았다는 걸 감안하는 법인데, 사진으로도 봤던 얼룩이 생각보다 너무 크고 티 난다고 쪽지 폭탄을 보내와서 결국 만 원 돌려줬어요. 처음엔 배송비 4000원만 빼 주겠다 했는데 그걸 굳이 반품하겠다고 나오니, 그거 다 해서 몇 푼이나 한다고, 왕복 배송비 물고 하면 오히려 이쪽이 시간적 정신적으로 손해니까.

— 이 여자 아직도 애 키우나요? 작아진 애들 속옷 입혀 보지도 못한 걸 '팝니다' 게시판에 올려놨더니, 피부에 닿는 건데 케이스 이미 뜯은 걸 완전 미사용인지 어떻게 아느냐며, 배송만 착불로 해서 물건 그냥 주시면 안 되냐고 묻던 여자임. 종이 케이스는 뜯었지만 태그가 달려 있으니 당연히 새건데, 누가 태그 단 채로 애한테 입히겠냐고요. 기가 막혀서 대꾸도 안 한 게 옛날 옛적인 것 같은데 아직도 저러고 사네.

그 뒤로 한동안 우울감에 시달렸으며 지금도 크게 나아지지 않은 상태인데도 심리 상담이니 병원 진료 같은 걸 생각하면 돈 들어갈 일이 까마득하여 교원은 포기하고 있었다. 대신 자신을 모르는 사람들에게 정갈한 음식이나 독특하고 귀

여운 인테리어 소품을 사진으로 전시하는 것이 유일한 낙이
었으며, 공동주택의 아이들이 함께 놀기 시작하면서는 요리
를 거의 도맡게 되어 그 전보다도 자신이 쓸모 있어진 것 같
았다.

그렇게 익명의 인터넷 사용자들에게 거지 소리를 들어 가
며 갖추었던 꼴들, 지켜 냈던 날들, 그것들이 한순간 무의미
해졌다. 물 새는 구멍이 따로 있었는데 교원은 무엇을 위해 악
착같이 일상의 틈마다 접착제를 바르고 살아왔는지 알 수 없
어졌다. 그동안 어떤 형태로든 부정확한 시기에 제대로 된 월
급을 가져다주던 여산은 넉 달 전부터는 틈틈이 교원이 생
활비에 졸려 닦달할 때만 질금거리며 몇십만 원씩 봉투에 담
아 왔고, 교원은 이런 용돈 수준으로 도저히 가계 규모를 맞
출 수 없다는 하소연을 하기 위해 시누이에게 전화를 걸었다.
사정을 알고 보니 가족 회사는 이미 부도가 났고, 그 와중에
시누이의 남편이 회사 자금을 크게 해 먹다가 걸려서 철창에
들어가 있는데, 그걸 막느라 여산이 뛰어다니면서 자기 몫으
로 와야 할 월급을 누이한테 있는 대로 꼬라박았으며, 온 집
안은 여태 그걸 교원에게만 쉬쉬해 온 것이었다.

"······폭발할 만도 하지 않나요? 들어오는 돈이 빤한데 대
체 그걸 언제까지 숨길 수 있을 거라고 생각했는지, 한마디로

온 집안이 편먹고 날 머저리로 봤다는 거잖아요."

눈으로는 아이들이 푹신한 미끄럼틀에 오르내리고 소리 지르는 장면을 내내 좇으면서 강교원은 그렇게 말했다. 중얼거림에 가까운 말소리를 들으며, 무심한 태도로 남 얘기나 하는 듯한 옆얼굴을 보며 은오는 뭐라고 답해야 할지 알 수 없어 머뭇거렸다. 얼마 안 되는 돈을 아내에게서 다달이 타 쓰는 남편, 근근이 촬영 현장의 일용직으로 연명하다가 이제는 영화를 앞에 두고 고배나 좌절 수준이 아닌 포기 직전까지 온 자신으로선 형식적인 위로를 보낼 입장도 아니었다.

"미안해요, 모처럼 밖에 나왔는데 이런 우울한 얘기나 해서요."

"아뇨, 전혀 그런 생각 안 하셔도 됩니다."

들려줄 말이 없으니 듣는 말이라도 많아야겠다는 게 은오의 내적 결론이었다.

"듣는 제가 아니라 말씀하시는 분이 힘드니까요. 걱정 마시고 그냥 하시고 싶은 얘기 다 하세요. 그래야 아이들 앞에선 웃는 얼굴을 보여 줄 수 있어요."

"고맙습니다. 그래도 이젠 더 할 이야기가 없어요. 조만간 결론을 내야 하나 생각만 들고, 그러자니 여기저기 들어간 대출이며 아이들 문제도 걸리고. 그냥 골치만 아프네요."

쓴웃음을 짓는 강교원의 볼살이 아래로 처지는 걸 보며 은오는 몸을 일으켰다.

"그, 목마르지 않으세요? 뭐라도 좀, 아이들 마실 것도 사 오겠습니다. 카운터가, 가만있자……."

"괜찮아요. 음료수랑 물 넉넉히 싸 왔으니까 이따 아이들 오면 꺼낼게요. 지금은 말고요."

강교원은 여전히 은오 쪽을 보지 않은 채로 백팩만 두드려 보았다. 왜 가방을 열지 않는 걸까 의아했는데, 그때 마침 은 오가 건너다본 다른 테이블에서 아르바이트 근무 중인 젊은 남자가 매우 난처하다는 듯한 표정으로 일군의 여성들에게 협조를 구하는 모습이 보였다. 외부 음식을 여기서 드시면 안 됩니다. 다들 가방에 넣어 주세요.

상황을 보니 이들은 각자의 아이들을 데리고 키즈 카페에 들어와선 다른 매장에서 사 온 햄버거며 김밥을 꺼내 먹다가 주의를 받는 참이었다. 무리 중 리더 격인 듯한 여성이 웃으 며 대답하길, 저희 이제 거의 다 먹었어요. 조금만 기다려 주 세요. 냅킨이랑 쓰레기도 잘 치울게요. 한 번만 눈감아 주세 요. 네? 은오는 그 모습을 보며 속으로 혀를 찼다. 아니아니, 쓰레기를 치우고 말고 문제가 아닌 듯싶은데. 아르바이트생 남자는 한숨을 쉬며, 어쨌든 빨리 안 보이게 해 주세요, 정도 의 소극적인 경고로 휘갑을 치곤 자리를 떴다.

사장이나 점주가 와서 들여다보기라도 하면 관리 소홀로

낭패를 보는 건 아르바이트생이었다. 이런 곳은 자릿세를 지불해야 하며 무언가를 먹거나 마시고 싶을 때는 이곳 카페에서 판매하는, 비싸기만 할 뿐 맛도 그다지 없고 양도 적은 음식을 취향과 무관하게 구매하는 것이 약속이었으므로 곳곳에 외부 음식 반입 금지라고 적힌 아크릴판이 눈에 띄게 붙어 있었다. 그러나 이런 곳 음식은 먹을 거 하나 없다며 ─ 누가 그걸 모르는 바보라서 이런 가성비 떨어지는 데다 돈을 갖다 바치는 게 아닌데 ─ 눈 하나 깜짝 안 하고 천연덕스럽게 외부 음식을 싸 와선 보란 듯이 활짝 풀어 놓는 사람들도 이렇게 있었다. 규정을 무시하여 알바생을 비롯한 타인들에게 피해를 주곤 그것을 알뜰함의 소산으로 여기는 이들도 있을 터였다. 저들은 그래도 최소한의 교양과 부끄러움은 아는 듯 알바생의 눈치를 보며 고개를 숙이고 손에 든 걸 빠른 속도로 먹어 치우는 한편 알루미늄 포일과 비닐류를 거듬거듬 챙겨 가방에 쑤셔 넣는 시늉이라도 하고 있었다. 하지 말라는 짓을 꼭 하는 사람들이 어딜 가나 있었다.

그리고 비록 식사가 아닌 작은 음료이긴 하나, 좀 이따 강교원이 하려는 일이 바로 그것이라는 데까지 생각이 닿자 은오의 얼굴에는 열이 확 올라왔다. 지금까지 들은 이야기로 미루어 강교원이라면 그러고도 남았다. 은오는 전집류에 관심이 없고 시율이 또한 공공 도서관의 이런저런 책들만 읽고도 잘

커 왔으므로 속사정을 알 길이 없었으나, 정가가 12만 원이든 7만 원이든 일단 3만 원을 무턱대고 부르고 보는 강교원의 사고 리듬은 분명 은오의 이해 바깥에 놓여 있었다. 아이를 위한다는 구실로 일상에서 가벼운 것부터 하나씩 둘씩 무리수를 두다 결국 수치라는 걸 모르게 되고 마는 사람들이 그렇게 많은 걸까…….

거기까지 생각하다 은오는 음료를 포함하여 오늘 코스를 전적으로 쏘아야겠다는 결론에 닿았다. 강교원은 누군가에게서 베풂을 받는 감각, 순전히 자신을 위해서 돈을 쓰는 기쁨이나 온전히 자신에게만 제공되는 물건이 일상에 어떤 활력과 변이를 가져오는지 좀 더 자주 경험할 필요가 있었다. 그보다는 이따가 그녀에게 피자 구입을 맡겨 버리면 맛과 품질에서 멀리 떨어진 원 플러스 원 구성품을 선택하기는 물론이며 어떤 치즈를 빼자거나 토핑이 어떻다는 구실로 가격을 깎으려 들거나 옵션에도 없는 사이드디시를 얹어 달라든지 할 것만 같은 불길한 예감이 앞서기도 했다.

원래 일정대로라면 오늘 저녁까지는 요진이 신재강의 퇴근
길을 함께할 예정이었다. 요진은 토요일에도 약국에 출근하므
로, 내일은 출근길에 신재강을 홍단희의 친정으로 가기 편리
한 전철역에 내려 주기로 했었다. 그런 뒤 그들 가족은 일요
일 저녁에 한 차를 타고 함께 돌아올 계획이었다.

  그러나 요진은 망설이던 끝에, 점심때가 훌쩍 지나서야 평
소보다 두 시간 먼저 퇴근시켜 달라고 약사 언니에게 부탁했
다. 조퇴에 마땅한 핑곗거리를 떠올리느라 보고가 지체되었던
것이지만, 약사 언니는 특별한 이유를 묻지는 않고 다만 조금
일찍 말해 주지 그랬느냐며 싫은 소리를 살짝 했다.

  어차피 옆 빌딩에서 야간 진료를 보는 병의원은 몇 군데뿐

이었고 그것도 주로 목요일에 한했으므로 늦은 저녁 시간에는 환자가 대폭 줄어들긴 했지만, 어쩌면 약사 언니는 이제 요진을 필요로 하지 않는 것일 수도 있었다. 요진은 4년을 꾸준히 버텨 왔지만 약국은 8년을 그 자리에 있었고, 그동안에도 매년 치솟는 자릿세를 감당하기 어렵다는 이야기를 언니가 종종 꺼내기도 했으며 몇몇 기미가 엿보이긴 했다. 아무래도 메디컬 빌딩 내에 입주한 약국에서 다 소화하지 못하는 손님들이 기다림의 노역을 좀 덜고자 오는 것이었으므로 약국 벌이는 늘 고만고만했고, 그에 비해 메디컬 빌딩 옆이라는 프리미엄은 지나치게 높게 매겨지고 있다며 약사 언니는 불평했었다. 안 그래도 주변 상권 재개발과 함께 더 크고 새로운 메디컬 타워가 건너편 블록에 세워질 예정이었고, 현재의 메디컬 빌딩에 들어 있는 병의원 가운데 반이 그리로 옮겨 갈 예정이라고 들었는데 그것이 각 약국과 병원에 가져올 변화는 작지 않을 터였다.

그리하여 차라리 벌이가 더욱 시원찮아지더라도 동네 약국이 그나마 심적으로 평화로울 것 같다고 약사 언니는 언질을 주곤 했다. 너도 출퇴근 편한 동네로 가야 할 텐데 길에다 시간 버려 기름 버려 먹고살기 힘들지 푼푼은 되겠니, 같은 소리를 요진에게 했었다. 그때는 그저 요진의 월급을 시원시원히 올려 주지 못하고 3년째 동결 상태이며 최저임금 기준

정도나 간신히 맞춰 주는 수준이라 미안하다는 뜻인 줄 알았는데, 돌아보니 약사 언니에겐 현재의 약국을 접을 계획도 없지 않은 듯했다. 아무리 더욱 큰 메디컬 빌딩이 생기더라도 기존의 자리에 남아 있는 병의원도 없지 않고, 아픈 사람들은 어디든 계속 있을 것이니 환자의 이탈 규모가 얼마나 유의미할지, 당장 큰일이야 나겠나 싶었던 요진은 자신의 생각이 얼마나 순진했던 것인지 알았고, 그와 함께 이렇게 작은 스케일과 사고방식으로 살아가는 자신과 은오가 평생 돈을 만져 보기란 천성부터 글렀다는 사실도 깨달았다.

약국의 운명이 어느 쪽으로 확정되든 요진 자신은 언제 퇴장당해도 이상하지 않은 처지인데, 지금은 그게 중요한 게 아니라 당장 눈앞의 사태에서 벗어나는 게 우선이었다. 나중 일이 어떻든 상관없었고 발목 깊이에나 이를까 싶은 사람들과의 관계나 불편 같은 것들도 얄팍한 종잇장처럼 돌돌 말려서 염두 밖으로 던져졌다. 공동주택의 사람들에게 오늘의 돌발 행동을 설명할 방식을 딱히 강구하지도 않았다. 이 순간에도 그런 우려를 잠깐이나마 한 스스로가 경멸스러웠고, 그러자 집에 속한 모든 것, 밑반찬과 국 솥과 식탁과 놀잇감과 교구가 모두 저마다의 자리에서 차오르는 경멸을 주체하지 못하고 있으리란 생각마저 들기 시작했다.

오늘 신재강이 히치하이킹을 하든 달러 빚을 내어 택시를 잡아타든, 그렇게 하여 집으로 돌아오거나 말거나 요진은 상관없었다. 요진은 그에게서 울리는 전화를 받지 않고 진동마저 꺼 버릴 텐데, 그는 약국까지 찾아와서 요진이 없다는 사실을 확인하면 당황하겠지만 티를 내지 않고, 약속이 틀어졌다는 낭패감 한 조각 내비치지 않고 그대로 홍단희네 친정으로 발걸음을 돌리면 될 일이었다. 그러면서 예정보다 하루 일찍 도착한 좋은 아빠, 성실한 사위의 모습을 홍단희네 집안에 전시하면 될 일이었다. 거기까지 요진이 고민하거나 세팅해 줄 까닭이 없었다.

머칠을 망설이다 주문한 녹음기가 도착하려면 시일이 걸리는데, 신재강이 오늘 아침 출근길에 건넨 말과 몸짓은 이제 요진이 미소로 받아넘길 선을 초과했다. 물론 그는 욕을 하거나 싫은 소리를 하지 않았고 굳이 분류하자면 주로 칭송에 해당하는 말들을 들려주었으므로 요진은 다소간 주저할 수밖에 없었다.

—이거 제가 담당한 고객이 외국 다녀오는 길이라고 면세점에서 사다 주신 건데 써 보세요. 요진 씨 피부 톤에 딱 어울려서 생각나더라고요.

—제가요? 말도 안 돼요. 단희 씨 드려야지 이걸 왜 저한테.

—단희는 이거보다 한 단계 어두워야 하고요, 브랜드도

정해 놓고 쓰더라고요, 여간 까다로워야 말이죠.

— 고맙습니다만 제가 받아도 될지 모르겠어요. 잡티가 잘 가려지는 게 필요하긴 했는데 이거 비싸 보이는데요.

— 어디 마트 사은품이나 샘플이려니 하고 편히 쓰세요, 저도 거저 받은 거니까. 그런데 평소에 잡티 같은 거 전혀 눈에 안 띄었는데요. 스타일도 좋으시고. 저번에도 말씀드린 것 같은데 예쁘거든요.

요진은 내면의 마지막 한 구역만은 개방할 수 없다는 듯 서둘러 부정했다.

— 좋긴 뭐가요, 안 그래요. 실내에서만 일해서 옷도 아무거나 입어요. 게다가……

그의 말마따나 출산 경험이 있고 육아와 가사로 만성 피로에 전 또래 여성들의 민낯을 생각하면, 요진은 거의 없다고 보아도 무방할 정도로 기미와 트러블이 적은 편이었다. 특별히 관리하지 않고도 좋은 체질과 체형을 타고났지만 요진은 그것이 자기 인생에 주어진 행운의 최댓값이 아닐까 싶은 생각을 종종 했고, 그나마 마흔이 넘으면 이만한 장점마저도 제 몸을 점점 떠나갈 터였으며, 지금의 생활에서 자신이 외모로 덕을 보거나 괜찮은 일자리를 찾을 수 있는 것도 아니었으므로 무용한 축복이었다. 잘해야 화장품이나 각종 미용 보조제를 비롯한 꾸밈 비용이 그리 들지 않는다는 점만이 현실에서의 실용적인 부분이었다.

구할 수 있는 웬만한 알바를 가리지 않고 뛰던 시절의 요진은 교양 프로그램의 방청객이나 영화 엑스트라 가운데선 눈에 띄는 편이었고 인터넷 게시판에도 클로즈업 화면이 캡처되어 올라간 적이 있었지만, 자신이 그보다 더 높은 곳으로 상승하기엔 키도 얼굴도 애매하다는 사실을 일찌감치 알아차렸으므로 예닐곱 번쯤 하다 그만두었으며, 그 끝에 남은 것은 해답지가 파기된 은오와의 일상과 시율이라는 존재였다. 시율이가 있는 만큼 그것이 완전한 난파선은 아니라는 자각으로 버티는 날들이었지만 아무래도 요진의 약국 근무로 세 식구가 먹고사는 건 불가능했고, 요진은 조부가 세상을 뜨고서 뜻밖에 자신 앞으로 남겨 준 몇 개의 통장을 녹여 가며 구멍을 메우고 있었다.

현장에서 엎어지고 구르면서 수많은 배우들을 보아 온 은오는 짧은 연애 시절에도 거리에서 웬만큼 예쁜 사람을 마주친들 소 닭 보듯 했으므로, 시율이를 낳고 출퇴근과 육아를 비롯한 일상에 찌든 요진에게 더 이상 예쁘다는 말을 하지 않은 지 오래되었다. 어쩌면 그 때문에 신재강의 말은 낯선 발음으로 요진의 귓가에 내려앉아 돌이킬 수 없이 훼손된 자존감의 잔여물을 건드려 깁기 시작했고, 요진이 극구 부인하면서도 저항감이 적었던 까닭의 절반은 거기 있었다.

──고맙습니다. 제가 뭐라도 해 드려야 할 텐데 어쩌죠. 이렇게 비싼 건 힘들지만, 다음에 식사라도요.

──오늘 하죠.

──예?

이런 물건을 받고 으레 인사치레로 할 법한 말을 신재강이 덥석 무는 순간 요진의 양손에 쥔 핸들이 살짝 흔들렸다.

──아니 제 말은, 다음에 우리 식구랑 단희 씨에다 애들도 같이⋯⋯. 그건 다른 두 집에 좀 눈치가 보이려나요.

──갑자기 명분도 없이 단체 파티를 벌이기엔 좀 그렇기도 하고, 오늘 단희가 애들 데리고 친정에 가 있으니 오늘이 좋겠습니다. 약국은 평소처럼 끝나죠?

──오늘은 갑자기 좀, 글쎄요.

──제가 살 테니 부담 갖지 마시고요.

──아니 그건 더욱 말이 안 되는데요, 애당초 이유가⋯⋯.

감사 표시를 위한 자리인데 신재강이 저녁을 산다는 것도 본말전도이며 더욱이 이렇게 갑작스레 둘이서는 좀 아닌 듯싶었다. 그의 말속에 둘만이라는 비밀스러움과 은밀함 못지않은 추진력이⋯⋯ 나쁘게 듣자면 강압성이 친절함과 친근함의 외피를 뜯고 새어 나와 요진은 가슴이 뛰기 시작했다.

──제가 요진 씨 저녁 사 드리고 싶은데 그걸론 이유가 안 됩니까? 우리 그동안 출퇴근만 같이 했다뿐 언제 오붓하게 식

사 한 번 한 적 없지 않습니까. 마침 이렇게 기회가 닿았으니 잘됐네요.

요진은 당최 우리한테 오붓함이 왜 필요하며 지금까지도 화장품이나 브런치 같은 소도구를 통해, 닳은 만큼 익숙하고 안심되는 일상의 귀퉁이에 지나치게 많은 변수를 두지나 않았는지 되묻고 싶어질 정도였다.

— 하여간 약속한 겁니다. 저녁만 먹고 들어가는데 뭐가 어때서 그럽니까? 요진 씨도 기다리는 가족이 있는데 그 이상 뭐를 더 할 만큼 시간도 없고요.

그 이상 뭐를 더.

기다리는 이가 없었더라면, 만일 은오도 시율이와 어디 멀리 놀러 가서 부재중이기라도 했다면 그다음을 어떻게 했으리라는 뜻인지, 생략된 말들 너머에 분포한 가능성들이 요진의 내장을 불안하게 자극해 왔다. 그러고 보니 그의 말들은, 요진의 확신이 늦었다뿐 어느새 이웃집 여자에게 건네도 좋은 농담의 수위를 넘은 지 오래였다.

— 음, 나중에 얘기해요. 일단 지금은 운전에 집중하고요.

— 다 왔거든요.

그제야 신재강의 회사 앞에 다다른 걸 알고 요진은 브레이크를 서둘러 밟았다. 몸이 앞으로 쏠렸다가 쿠션에 등이 닿으며 털썩 소리를 냈다.

── 이따 문자드리겠습니다. 뭐 좋아하시는지 생각해 두세요.

신재강은 평소와 다름없이 웃곤 경쾌한 발걸음으로 회사 건물로 사라져 갔다. 그 뒷모습을 멍하니 바라보다 요진은 뒤늦게 고개를 저었다. 아니 잠깐, 얘기를 마음대로 진행시키지 말라고……. 시계를 보니 오늘따라 차가 밀렸는지 약국 오픈 시간이 아슬아슬했고 그를 쫓아 들어갈 시간은 없었다. 무엇보다 남의 회사 건물로 쫓아가 그를 붙들고 강경한 태도로 오늘은 식사를 함께하기에 적당한 날이 아니며 둘이서만 보내기도 부적절하니 그만두겠다는 확언과 다짐을 주고받으면, 출근하는 정장 부대가 이상하다는 눈초리로 흘겨보면서 지나칠 쪽은 요진 자신이었다. 브레이크에서 천천히 발을 떼는데 그때에야 핸들을 쥔 손바닥 안에 땀이 만져졌다.

결정적으로 약국에 와서 손님이 비는 시간 동안 이런저런 검색을 한 끝에, 해당 상품은 인천공항 면세점에서 취급하지 않으며 일부 백화점의 명품 편집숍 전용 한정판이라는 것을 알게 된 요진은 더욱 가만히 있을 수 없게 되었다.

물건 사진을 찍어서 홍단희에게 보내 버린 다음 자초지종을 설명하고 상의할까도 생각해 보았으나 그렇게 솔직히 고백했을 때 홍단희가 자기 남편이 아닌 요진의 편에 서 줄 리는 없었고, 같은 여자 입장으로 봤을 때 좀 이상하다 싶어 추

궁하더라도 신재강은 그 상황에 맞추어 떨 수 있는 너스레와
그 자신에게 유리한 임기응변을 적어도 스무 가지는 갖추고
있을 것만 같았다. 무엇을 선택하든 요진은 공동주택의 남자
들에게는 예민하고 까탈 부리는 사람이 될 터였고, 여자들에
게는 밑도 끝도 없이 이상한 사람이거나 남의 집 남편에게 꼬
리 친 여자로 둔갑하여 이미지가 박제될 것이었다.

그 와중에도 요진은 신재강이 약국으로 헛걸음하지 않도
록 끝내 배려하여 최후통첩을 보내 두었다.

— 오늘 약국으로 오지 마시고 단희 씨네 집으로 바로 가
서 주말 보내세요. 식사는 없었던 일로 하겠습니다. 아무리
생각해도 제 기준에선 부자연스럽고 단희 씨에 대한 예의도
아니라고 봅니다. 아까 주신 면세품, 아니 한정판도 돌려드리
겠습니다. 그렇게 아시고 불쾌하게 여기지 않으셨으면 좋겠습
니다.

그리고 요진은 전화기를 진동도 끄고 무음으로 돌려놓은
채 엎어 두어 이후 신재강에게서 오는 카톡 폭탄의 내용을
확인하지 않고 내버려 두었다.

가능하다면 잡음 없이 정리하고 싶었고 물건도 남들 눈에
띄지 않는 데서 돌려줄 생각이었지만, 나중에 어떤 경로로 홍
단희가 이 일을 알아내든지 제 발 저린 신재강이 말을 지어내

든지 해서 생각지도 못한 얘기가 오갈 수 있으니, 지금까지의 일을 은오에게 미리 알려 두어야 할 필요는 있었다. 다른 이들과의 충돌 과정에서 은오가 뒤늦게 이 사실을 알게 된다면, 요진이 그 입장 같아도 배신감이 들거나 사정이 있고 없고를 떠나서 최소한 뒤통수를 맞았다는 씁쓸함이 오래갈 것이었다. 오히려 요진이 선수를 쳐서 의논하고 나서면 은오는 선선히 반응하며, 그랬어? 별사람 다 보겠네. 남의 집 마누라한테 왜 수작일까. 되도록 함께 모이는 거 줄여 보자. 앞으로 나도 눈여겨볼게…… 정도로 그칠 수 있겠지만, 그가 알게 되는 시점이 늦으면 늦을수록 결과적으로는 화살을 요진에게 돌릴지 몰랐다. 왜 여태 가만있어서 일을 키웠어, 실은 너도 싫지만은 않아서 그랬던 거 아니냐……. 요진은 얼마든지 증명 가능한 자신의 당당함과는 무관하게 그런 피곤한 사태만은 막고 싶었다.

그러니 홍단희 부부가 없는 오늘 내로 은오에게 말할 셈으로 요진은 액셀을 밟았다. 누군가와의 저녁 약속에 응하고 싶지 않다는 이유로 일터 조퇴까지 하다니 누가 본다면 지나친 강수를 둔다 싶기도 할 테고, 그런 방법 대신 신재강과 카톡을 추가로 주고받아서 그로부터 깨끗이 포기하겠다는 확답을 받아 내는 정석적인 선택지도 없지 않았다. 그러나 전날 신재강이 약국 안까지 들어왔던 일을 떠올리면, 오늘도 요진

이 거듭 거절한대도 그녀 의사를 존중하지 않고 임의로 찾아
와서 사람을 놀래 주곤 그걸 깜짝 이벤트 정도로 여길지 몰
랐다.

마을이 가까워지자 어느 농가에선지 짐승들의 분변 냄새
가 차 안으로 확 끼쳐 와서 요진은 차창을 닫고 숨을 참았다.
차량용 미니 방향제는 은은한 플로럴 부케 향으로 냄새를 지
우는 데 거의 도움이 되지 않았으며 극과 극의 냄새 두 종류
가 뒤섞여 더욱 기묘한 악취를 풍겼다. 공기 중에 분산되는
강력한 입자가 최소한의 행복이나 단란함 같은, 본질적으론
위선에 가까운 긍정적인 말들을 밀어내고 그 자리를 유기질
의 냄새로 채웠다.

처음 서류를 접수할 때 분명 주택 중심으로 5킬로미터 주
위에 축사나 공장 굴뚝 및 쓰레기장 같은 시설은 없다고 들
었는데 이렇게 자주 냄새가 느껴져 요진은 가끔 신경이 쓰였
었다. 평소 공동주택 안팎에서 직접적으로 느껴지지는 않았
고 일상생활을 하다가 은오나 시율이도 다 함께 한참 떨어진
계곡까지 나들이를 나갔을 때나 맡아 보았을 정도라 하니 이
냄새란 마을 밖으로 출퇴근하는 사람을 주로 괴롭히는 모양
이었지만, 한두 번이 아닌 데다 그때마다 호흡이 힘들고 머리
도 무거워지면서 일상의 규모와 속성을 가늠하고 그것의 유
지비를 책정하는 데 필요한 의욕이 소멸하곤 했다. 개똥밭

에 구르는 것도 아닌데 고작해야 가축의 분변 냄새가 끼쳐 오는 정도로. 소나 돼지만 아니라 살아 있는 것이라면 뭐가 됐든 몸 밖으로 찌꺼기를 배출하는 게 당연한데도. 그러고 보면 황금 들판이나 초록빛이 아직 가시지 않은 나무 잎사귀들의 흔들림, 낮고 풍성한 구름은 감광지에 인화된 풍경에 불과하며 실제로 사람에게 선명한 현실로 버티고 남는 것은 눈에 보이지 않는 악취뿐인지도 모른다는, 총체적인 무기력이 요진의 발목을 붙들었다.

아직 냄새의 세력권을 완전히 벗어나기 전인데, 안 그래도 두어 주쯤 전부터 낌새가 좋지 않았던 중고차가 도로 한복판에서 털털거렸다. 불길한 예감에 요진은 되도록 노변 가까이 차를 대고 소리에 귀 기울였다. 정차해 있는 동안 엔진은 점점 더 수상한 소리를 보닛 밖으로 게워 냈고, 결국 요진은 시동을 끈 채 5분가량 기다렸다. 이후 재시동을 몇 번이나 걸었지만 점화가 되지 않았다.

퍼졌네.

보험사와 통화하자 지금은 그 현장까지 나갈 수 있는 직원이 없으니 두 시간쯤 기다려 달라는 대답이 돌아왔다. 그때 가면 해 떨어지고 한밤중인데. 아무렴 조그만 차에 보험료도 얼마 안 하고 인적도 거의 없는 농가에 선뜻 달려오리라는 기대는 하지 않았다. 집까지 1킬로 남겨 놓고 이게 무슨 봉변이람. 시간 약속을 대강 정한 뒤, 보험사 직원이 그 시간에 맞춰 오리라는 기대도 없이 요진은 우선 집에 들어가 대기하면서 연락을 받기로 했다. 그사이에 이 도로를 지나갈 차는 거의 없다시피 할 터였고 설령 있더라도 가장자리에 바싹 붙여 댔으니 웬만한 트럭 한 대 지나가는 데에는 문제없었다. 차 없이 걷는 거리가 불과 1킬로미터 남짓이었는데 요진은 누가 쫓아오지 않는 걸 알면서 수시로 뒤돌아보았다. 도피하듯 빠르게 걷는 동안 콧속을 흔들던 냄새는 조금씩 사라져 갔다.

주택 입구에 들어섰을 때 요진은 안도감과 더불어, 이 시간에 들어오는 일이 없어 그런지 문득 낯선 공기를 느꼈다. 아이들은 어떤 활동을 하고 있기에 이토록 조용할까. 물론 지금은 아이들 중 셋이나 빠진 데다 각자 집에 돌아가 저녁 식사를 하고 놀 때지만, 그래도 밤에 귀가하여 주차장에 차를 댈 무렵 꼭 어느 집에서든 한두 아이의 울음소리나 앙탈이 터져 나오곤 했던 날들을 떠올리며 요진은 슬그머니 미소 지었다. 비록 좋은 일로 일찍 돌아온 건 아니지만 평소보다 두 시간이나 이르게 도착한 걸 보면 은오와 시율이는 반가워할까, 놀라워할까. 둘은 이미 저녁 식사 중이겠다. 그 생각과 함께 긴장이 일순 풀어지며 급격한 허기가 밀려왔다. 유기농이고 수제고 다 필요 없고 김치랑 달걀프라이에 비벼 먹을 참기름과 간장 한 방울만 있으면 그만인데, 집에 햇반은 몇 개나 남았던가.

그때 어디선가 익은 석류 알이 구르다 터지는 듯한 웃음소리가 바람에 실려 왔다. 그 사이사이로 나지막하면서도 풍부한 성량의 음성. 요진은 별생각 없이 발소리를 죽이고 소리 나는 쪽으로 다가갔다. 예의 그 육중하고 견고한 핸드메이드 식탁에 모여들 있나 보다. 이제는 날이 꽤 차질 무렵인데 저기서 다 같이 모여 저녁을 먹는다는 게 이해가 안 가긴 하는데 오늘은 그나마 푹한 편이니까. 마음 같아서는 은오만 따로 불러다 일의 전말을 서둘러 알리고 싶지만, 요진은 자신이 난입하여 식탁의 분위기를 해쳐도 되는지 우선 다가가 살펴야 했다. 손상낙이나 고여산이 먼저 와 있기라도 하다면 평소와 다름없이 인사와 미소를 나누고…… 아무 일도 없었다는 듯이, 시율이가 엄마 표정을 올려다보며 행여 걱정이라도 하지 않도록. 한 발자국씩 내딛는 동안 요진의 발걸음은 점점 느려졌다. 강교원이 최근 컨디션도 그리 좋지 않았으면서 오늘은 사람 줄었다고 대체 얼마나 어마어마한 요리를 저녁까지 해댄 것인지, 뒷마당에 다가갈수록 치즈와 각종 구운 채소며 고기의 진하고 따뜻한 풍미가 와 닿았다. 이거…… 파스타? 피자? 누구네 집에도 화덕은 따로 없고 설마 냉동 피자 따위를 사다가 전자레인지에 돌리기라도 한 걸까. 홍단희 못지않게 친환경이며 수제에 목숨 거는 강교원이 그런 레토르트식 준비를 했을 리가 없었다.

간간이 들려오는 말들의 조각이 요진의 귓바퀴에 걸리다 떨어져 내렸다. 강교원의 맑은 웃음소리 사이로 은오가 말하는 비중이 점차 늘어나고 있었다. 누벨바그가 어쩌고…… 장 뤼크 고다르니 프랑수아 트뤼포니…… 68혁명과 무슨 분기점과…… 나중엔 허우 샤오시엔이나 에드워드 양 같은 고유명사로 이야기가 튀다가…… 대체 저 인간은 어째서 아이 키우는 이웃집 여자를 앞에 두곤 기어이 못 참고 자신의 유일한 패를 내놓는 것인지, 저 인간이 저렇게 떠벌릴 수 있는 건 둘러앉아 아낌없는 호응을 보내 줄 이들이 있어서일까……에 생각이 닿았을 무렵 요진은 이미 핸드메이드 식탁에 나란히 앉은 그들 앞에 성큼 다가가 있었다.

"어, 오늘 웬일로 이렇게 일찍 왔어?"

"어머, 요진 씨 왔구나. 이럴 줄 알았으면 조금 더 시킬걸."

다른 남자들은 아직 퇴근 전인 듯 식탁에는 은오와 강교원 두 사람밖에 없었다.

"앉으세요, 아직 저녁 전이죠? 위에 올라가면 손 안 댄 거 있어요. 조금 이따 같이 가요."

그리고 아마도 서로 멀찍이 떨어져 앉기가 식사에 불편하기 때문이겠지만 둘은 마주 보고서가 아니라 나란히 앉아 있었다. 어딘가에서 사 온, 마분지 포장 상자에 담긴 이탈리안신 피자 몇 조각을 앞에 두고서.

식탁이 워낙 크고 넓은 대가족 용도인 만큼, 비록 어깨가 닿을 정도로 붙어 앉은 게 이상하긴 했으나 옆으로 나란히 식사하는 편이 나았을 테고 피자 같은 것, 얼마든지 사다 먹을 수 있었다. 요진도 포화지방산으로 넘치는 느끼한 배달 음식을 시율이에게 먹이고 싶은 충동을 자주 느꼈고 이사 오기 전에는 수십여 차례나 그랬었다. 더구나 낮 시간 대부분 집에 없는 요진은 그들이 종일 아이들에게 무엇을 먹이고 놀게 하든 간에 토를 달기 어려웠으며, 피자에 듬뿍 얹힌 치즈가 유기농인지도 따지고 싶지 않았다.

그러나.

"아이들은 어쩌고 여기 두 분이 나와 계세요?"

요진의 머릿속엔 그 문제밖에 들어 있지 않았다. 시율이가 또 아이들 둘을 혼자 보고 있다는 뜻인가. 은오가 대수롭지 않게 말했다.

"아, 세아는 잠들었고 시율이랑 우빈이랑 둘이 교원 씨네 집 주방에서 따로 먹고 있어. 너희들도 나와서 먹겠냐고 물어봤는데 싫다고, 안에 있겠다고 해서."

그사이에 우빈이가 또 설치거나 피자를 입에 문 채 식탁 의자를 등으로 까딱거리다가 자빠져서 뒤통수를 깨먹기라도 하면 그 사태를 시율이더러 어쩌라고 어른들이 여기 나와 있는 거냐고, 설마 다른 퇴근한 남자분들이 위쪽에 계시기라도 하냐고…… 묻기엔 두 명만 따로 나와 있는 상황이 우스워 보였으므로 요진은 은오의 말을 무시하고 강교원을 바라보며 질문을 이어 갔다.

"그런데 원래 아이들 활동 저녁 시간 전까지 아니었던가요? 언제부터 저녁도 함께 먹기 시작했어요?"

그러자 은오가 강교원을 엄호라도 하는 것처럼 또다시 말을 채 갔다.

"아, 그러니까 오늘만 특별이라고. 엄마들이랑 애들도 각자 사정이 있어서 많이들 자리 비운 참에 우리끼리 콜택시로 시내 키즈 카페 다녀왔어. 애들이 정말 좋아하더라."

그런 일도 충분히 있을 수 있고, 늘 엇비슷한 일상을 유지하던 아이들에게는 더없이 즐거운 이벤트가 되었을 테며, 같은 지역권 내에서 택시 한 대에 모두 탔다 치면 왕복 교통비 출혈도 서울 오갈 때만큼 크지는 않았을 것이다. 그러나 절반가량의 인원이 부재했을 때 기존에 갹출한 공금으로 놀다 와도 되는 건지에 대한 사전 합의는 요진의 기억에 없었다.

"택시비랑 영수증 다 떼어 왔어요. 나중에 정산해서 사람들 돌아오면 이렇게 지출했다고, 차질 없이 진행할 거예요. 여기 저녁 식사 비용까지."

요진의 표정이 어떻게 읽혔는지 강교원이 비로소 설명하고 나서는데 은오가 손을 내저었다.

"에이, 그런 게 어디 있습니까. 제가 먼저 나가자고 했는데 오늘은 제가 쏘는 날이죠."

"그래도 택시부터 우리 입장료에 피자까지 오늘 카드 너무 많이 긁으셨어요. 요진 씨한테 미리 허락받지 않은 상태에서 그건 좀 아닌 것 같아요. 단희 씨 오면 의논해서 제가 나중에 입금해 드릴게요. 다는 아니더라도, 우리 아이들도 누릴 권리가 있는데."

그 짧은 대화에서 요진은 여러 정보를 얻었다. 그랬단 말이지. 오늘 이 인간이 다 썼단 말이지. 요진은 신재강의 문자를 확인하기 싫어서 계속 무음으로 설정해 두고 한번 뒤집어 보지도 않은 채 보험회사와 통화를 할 때만 열어 본 휴대전화에 오늘의 카드 승인 내역 알림이 쌓여 있으리라는 데에 생각이 미쳤다.

"그…… 이야기는 나중에 하고요."

식탁에 얹어 둔 냅킨 뭉치가 불어온 바람을 타고 펄럭이다 날아가는 모습을 보며 요진은 말을 이었다.

"우선 아이들이 어쩌고 있는지 봐야겠어요."

흩어진 냅킨을 거두느라 몸을 일으키면서 강교원이 선선히 말했다.

"예, 저 이거 정리해서 금방 따라 올라갈 테니 먼저 들어가 보세요. 저희 현관 비번은……."

도대체가 강교원네 집 현관 암호 따위 그 어떤 경로나 이유로도 알고 싶지 않았다는 생각을 짓씹고서 요진은 빠르게 몸을 돌려 층계로 향했다.

어쨌든 불러 주는 대로 기억한 여섯 자리 비번을 입력하고 문을 열었다. 이불을 반쯤 걷어찬 세아는 코까지 골며 거실 매트에서 잠들어 있었고, 요진은 수천 가지 경우의 수 가운데 하나의 장면만을 넘겨짚었을 뿐이지만 정말로 우빈이가 식탁 의자에 앉아선 등과 발을 아슬아슬하게 까딱거리고 있었는데 입에 무언가를 우물거리지는 않았고 기름이 잔뜩 묻은 양손으론 미니카를 쥔 채 식탁을 경기장 삼아 서킷 레이스를 펼치는 시늉을 했다. 식탁에는 베어 물다 만 몇 조각의 피자가 골판지 상자에 담긴 채 식어 가는 참이었는데, 그 안에도 미니카 한 대가 현실의 전복된 차량처럼 뒤집혀 있는 모습이 섬뜩하게 다가왔다.

넘어지기 전에 그 짓을 멈추게 해야 한다는 생각이 들었지만 요진은 우선 시율이가 어디 있는지를 눈으로 좇았다. 시율이는 이미 제 몫의 식사를 다 마친 듯 식탁이 아니라 응접실 탁자에 쭈그리고 엎드려 있었다.

"시율아."

엄마 목소리를 듣자 시율이가 고개 들곤 자리를 난딱 박차서 품에 매달려 왔다.

"엄마, 빨리 가요. 집에 가고 싶어요."

그 짧고 간절한 말에서 요진은 그사이에 어떤 일이 있었는지 묻지 않아도 알 것만 같았다. 반드시 어떤 일이 있지 않았더라도 아직 어린 시율이에게는 세상 모든 일이 어떤 일이든 될 수 있었고, 그것들이 이 작은 몸에 과부하를 걸었으리라는 걸 알 수 있었다.

"그래, 가자. 가서 얼른 자자. 엄마가 미안해."

무엇이 어떻게 왜 미안한지도 스스로에게 명확히 설명하지 못하면서 요진은 그렇게 중얼거리는 순간 공연히 울컥했다. 졸린 눈을 비비는 시율이를 어깨에 안아 올리고 요진은 우빈이에게 다가갔다.

"우빈아, 아줌마 간다. 넘어지지 않게 조심하고, 알았지?"

우빈이의 대답을 듣는 둥 마는 둥 하며 요진은 현관에 나가 발로 신을 더듬어 꿰었다. 말로 주의를 주는 것으로 어른으로서 최소한의 도리만 했을 뿐, 요진은 제 딸을 힘주어 안고 있었으므로 우빈이까지 안아서 안전한 바닥에 내려놓을 재간이 없었다. 그리고 현관문을 여는데 때맞춰 들어오던 은오를 마주쳤다.

"어, 가자. 데리러 왔어. 시율이 내가 안을게."

강교원은 뒷정리에 늦어지는 모양인가, 요진 씨 기분이 별로인 듯하니 빨리 따라 올라가 보라고 옆구리라도 찔렀나.

"필요 없어. 비켜."

그리 말해 놓고 요진은 양손이 자유롭지 않다는 현실적인 난관에 맞닥뜨리자 한숨을 내쉬고 덧붙였다.

"뭔가 하고 싶으면 애 신발이랑 겉옷 챙겨서 와."

그리고 아내의 서슬에 자기도 모르게 비켜선 은오 옆으로 요진은 찬바람을 일으키며 앞장서서 나갔다.

어깨에서 조심조심 떼어 이부자리에 내려놓자 시율이는 눈을 감은 채 알 수 없는 잠꼬대를 몇 마디 하다 소르르 꿈에 떨어졌다. 뒤미처 현관문 열리는 소리, 들어온 은오가 시율이의 겉옷을 거실 상에 내려놓는 소리가 들렸다.

"시율이 자?"

요진은 돌아보지 않고 고개만 끄덕였다.

"오늘 어쩌다 일찍 왔어? 신재강 씨와 함께 들어오기로 한 거 아니었어?"

사실은 그 이야기를 하려고 일찍 온 거나 다름없었지만, 이제 와 요진의 머릿속에서는 아무런 생각도 명료한 형태로 빚어지지 않았다. 요진이 대답하지 않자 단단한 벽의 돌을새김처럼 요진 뒤에 선 은오는 조금 머뭇거리다 말했다.

"무슨 일이 있었는지는 모르겠지만, 아니, 약국에서 진상 손님 말고 딱히 무슨 일이 있을 건 없겠지만 그 좀, 교원 씨도 계신데 사람이 왜 그리 예민하게 굴어. 내가 다 무안하더라."

비로소 요진은 돌아서서 은오를 바라보았다.

"강교원 씨랑 무슨 얘기를 그렇게 즐겁게 나눴어?"

은오는 기가 막히다는 듯 웃음을 터뜨렸다.

"아니, 별걸 다 갖고 질투를 하고 그래, 농담인 줄은 알지만. 교원 씨가 대학 다닐 때 영화 동아리에 있었다고 해서 이것저것 얘기 나누다 보니까 코드가 좀 맞아서 시간 가는 줄 몰랐네. 우리끼리 하는 얘기지만, 솔직히 네가 교원 씨를 보고 질투할 생각이, 덩치를 보라고, 요만큼이라도 든다는 게 말이 안 되잖아."

질투나 그 언저리에 해당하는 낱말로 설명 가능한 감정이 아니었다. 분명 그들을 뒷마당에서 발견했을 때, 요진이 이해하지 못할 인명과 제목들이 오갈 때, 거리감을 느끼기는 했다. 그러나 따지고 보면 떠드는 내용의 대부분은 은오의 입에서 나온 것으로, 그는 가만히 들어 주고 웃어 주는 여자가 눈앞에 있어서 신이 난 것이었다. 그리고 이 순간 요진은, 비록 그가 요진을 달래고 안심시킬 목적으로 꺼낸 과도하며 마음에도 없는 농담이라는 점을 감안하더라도, 조금 전까지 그의 장광설에 귀 기울여 준 강교원의 외모를 폄하하는 은오의 말에도 욕지기가 치밀었다.

"시율이 저렇게 되게 놔두고 이야기가 얼마나 재미있었느냐는 말이야."

"시율이 저렇게 뭐? 애들 얌전히 잘만 있었던 것 같구먼."

"당신이 봤어? 옆에서 확인했어?"

"우는 소리도 안 들렸을뿐더러 시율이가 다 컸는데 무슨 걱정이야. 꼭 옆에 붙어 앉아서 지켜보고 있어야 하는 거 아니잖아."

"시율이는 그래도 되겠지. 하지만 남의 집 애들은? 걔들은 어리잖아. 걔들이 무슨 짓을 어떻게 할 줄 알고? 세아가 정말 단 한 번도 깨어나지 않았을까? 시율이가 걔를 다시 재우기 위해 이불을 덮어 주거나 안아 올리지 않았을까?"

"그건 나중에 물어보면 되지. 오늘따라 왜 이렇게 날이 서 있어. 이런 구조의 주택에서 남의 집 애들이라고 딱 잘라 긋기도 좀 그렇고, 시율이가 언니고 누난데 그 정도는 해 줄 수 있지 왜."

그때까지 요진의 머릿속 이성을 희미하게 밝히던 가녀린 필라멘트가 툭 끊어지는 소리가 들렸다.

"내일부터 당분간 아버지 집에 가 있을 거야. 시율이 데리고."

"갑자기 그건 또 무슨 소리야?"

그야말로 즉흥시라도 읊는 듯 입 밖으로 튀어나온 말이었으나, 요진은 한 마디씩 말을 떼어 놓으면서 자신의 음성과 발음에 구체적인 무게와 계획이 실리는 것을 느낄 수 있었으며, 그러는 동안 감정적 변음이 없는 제 목소리에 스스로 놀라고 있었다.

"아버지 집에서 약국 출퇴근하고, 시율이 거기서 유치원 알아볼 거야. 초등학교도 그리 멀지 않고."

은오는 기가 막히다는 듯 혀를 차면서 요진의 황폐한 얼굴에 드리운 어둠과 절망의 입자들은 미처 포착하지 못하고 있었다.

"대체 뭐가 불만이어서 이래. 내 의견은 안 물어보니? 그럴 거면 뭐 하러 처음부터 여길 들어와, 들어오길. 기억 안 나? 여기 입주 신청 넣자고 했던 게 누군지?"

분명 공고를 발견한 것도, 안 될 거라고 여기면서 신청 서류를 부지런히 꾸미고 다닌 것도 요진이었다. 은오는 애당초 이런 주택 문제에 관심이 없었고, 그의 부모는 예술을 하는 아들이 시나리오 창작에 대한 고뇌로 잡다한 실생활의 요령에 무지한 것도 어쩔 수 없는 일이라 여겼으며, 요진은 그때 눈에 보이는 게 없었다. 의무 이행 사항대로 아이 셋 낳고 다복하게 잘 살 수 있을지 여부는 안중에도 없었으며 오로지 세 식구 안심하고 몸 들일 곳이 필요했다. 실패한 시나리오 뭉치만 싸안고 끙끙대는 은오를 보다 못해 요진이 직접 이판사판으로 주거 해결을 도모했을 뿐인데, 은오는 요진에게로 책임을 돌리고 있었다.

"무슨 화장실에 들어올 때 마음 나갈 때 마음 다른 것도 아니고, 한번 들어왔는데 나가기가 그렇게 쉬워? 물어야 할 비용은 얼마인지 계산기는 두드려 보고 말하는 거야? 아니면 너는 아이 데리고 도망치고 나 혼자 여기 지키고 있으라고?"

사정을 모르는 남들 눈에는 이 결정이 철없어 보이더라도, 미친 짓으로 여겨지더라도 어쩔 수 없다고 생각하며 요진은 입술 안쪽을 짓씹었다. 그나저나 만일의 경우 손해 배상 규모가 얼마나 될지는 당신도 어차피 모를 거면서.

"도대체 뭐에 뚜껑이 열렸는지 모르겠는데, 머리 좀 식혀. 나라고 처음에 안 어색했을까. 나도 영화판에서나 이 사람 저 사람 엉겨 붙는 거지 일상생활에서 사람 대하는 거 쉽지 않은데도 시율이 위해서 어울리려고 애쓰잖아. 코드 다른 사람들끼리 부대끼는 게 힘들지 그럼, 마냥 꽃노래라도 부르고 즐거울 줄 알았어? 맞춰 가고 조금씩 양보해 가면서 사는 거지, 어린애처럼 왜 그래. 시율이가 누나라서 조금 힘든 것도 충분히 감안해서 한 선택이잖아. 이제 와서 어떻게 되돌려, 남들보기 무책임하게. 파투라도 내자고?"

맞춤과 양보라는 그럴듯하고 유연한 사회적 합의를 지시하는 언어들이 은오의 입에서 당연하다는 듯이 나오리라고 요진은 미처 예상 못했지만, 어쩌면 그것이 공동주택의 취지이자 본질 그 자체인지도 몰랐다. 그리고 지금 요진은 그 올바르고 합리적인 본질 위로 판독 불가능한 염증이 낭종처럼 부풀어 오르는 것을 느끼고 있었다.

"……어쨌든 당분간 가 있겠다고. 가만 좀 놔두라고. 당신 말마따나 나 머리 좀 식힌다고."

남들 보기에 무책임과 무대책 그 자체로 이 공동주택에 들어오게 된 결정적인 원인은 가계와 육아에 무관심했던 당신에게서 비롯되었다고, 이제 와서 누구 탓으로 규정하지 않기 위해 요진은 끝내 말하지 않았다.

"그, 머리를 꼭 장인어른 댁에 가서 식혀야 해? 걱정하실 거 아냐. 여기 사람들한테는 뭐라고 설명하게. 남아 있는 나는 네 돌발 행동의 원인을 뭐라고 둘러대라는 거야?"

"그럼 당신 집에 가 있을까?"

요진이 반문하자 은오는 어깨를 으쓱해 보이곤 체머리를 흔들었다.

"아, 됐다. 마음대로 해. 내일 아침에 일어나서 애 얼굴 보고도 그 소리 나오는지 어디 한번 보자고."

은오는 자기 점퍼를 의자에서 낚아채곤 현관문 밖으로 나가면서 들으란 듯 거칠게 중얼거렸다.

"사람이 기껏 잘해 보려고 했는데 저 혼자 성질 뻗쳐서 뭔 얘기가 안 돼."

그러다가 제 분에 못 이겼는지 은오는 마침내 소리 질렀다.

"너 내가 카드 좀 긁었다고 그러는 거야? 돈 좀 번다고 유세 부리냐고!"

요진은 대답하지 않았다. 돈 좀 번다고……. 그런 푼돈으로 유세나 부릴 수 있을까. 하루벌이로 쪼들리는 생활에서 갑자기 초과한 지출이 결정적인 이유였을까. 아주 영향을 주지 않았다고 하기 어려울까. 그러나 문제의 근본 원인이 그런 다랍고 치졸한 것으로 규명되어도 좋은 걸까.

"치사해서 내가 다 고대로 돌려준다, 내가."

그러나 요진의 혼란이나 설명을 기다리지 않고 결론 내린 뒤 현관문 닫는 소리와 함께 은오의 발걸음이 멀어지자, 요진은 마음이 바뀌기 전에 트렁크를 꺼내곤 서랍장을 들쑤셔서 당장 입을 시율이의 옷가지와 일용품을 바닥에 던지기 시작했다. 시율이에게는 미안하지만 업고 나가서 차에 태워……가 안 되는구나. 콜택시를 불러야겠다. 지갑 속 현금을 센 다음 휴대전화를 열어 이번 달 카드 한도가 얼마나 남았는지 계산했다. 서울까지의 택시비를 감당할 수 있을까. 아버지에게 빌릴 수 있는 돈은 얼마까지가 최대이며, 조부가 물려준 통장에는 얼마나 남았나. 그런 현실 제반 조건 모두 무시하고 요진은 뭔지 모를 문제의 근원이 곳곳에 잠복한 이 집에서 우선 떨어져 나가는 일에 대해서만 생각했다. 한두 시간만 지나면 신재강이 돌아올지 몰랐다. 물론 난감해하던 끝에 홍단희네 친정으로 발길을 돌렸을 가능성이 더 크지만, 설마라도 그의 모습이 이 타이밍에 공동주택에 나타나기라도 하면 더욱 수습 불가능한 장면이 이어질 터였다.

그때 손끝에 걸리는 대로 옷가지를 끄집어내다 두툼한 서류 봉투 하나가 같이 딸려 나왔다. 부드럽고 푹신한 옷더미 한가운데서 만져지는 이질적인 감촉에 요진이 소스라치며 자기도 모르게 봉투를 떨어뜨리자 내용물은 바닥에 우수수 쏟아졌다.

이곳으로 입성할 카드 한 장을 손에 쥐기 위해 꾸몄던 자료들, 당첨 통지 관련 서류들, 당첨 이후에도 추가로 제출해야 했던 서류 가운데 자투리들을 이런저런 주요 개인 정보가 기재된 까닭에 어떻게 일일이 찢어 버릴까 번거로워하다가 구석에 처박아 둔 것이었다. 이제 필요 없으니 버려야 하는데 공연히 쌓아만 놓았다고 한숨을 쉬며 서류를 하나하나 넘겨 보던 중 문득 사본인 듯한 빳빳한 종이 한 장이 서류 사이에서 흘러내렸다. 거기에는 요진의 글씨로 짧은 글과 서명이 적혀 있었고, 그 문구는 미래를 위해 함께 실천하는 아름다운 약속이라든지 내 아이의 밝은 인성을 위한 선택 운운하는 세

자녀 출산에 관한 내용이었다.

눈에 보이지 않는 무언가에 화풀이라도 하는 양 찢고 찢고 찢어 여덟 조각이 난 휴지 조각을 쓰레기통에 뿌리고서 요진은 방바닥에 누운 트렁크를 활짝 열어젖혔다.

몇 번을 선잠에 들었다가 깨는 바람에 살짝 잠투정 비슷이 칭얼거리는 시율이를 어깨에 떠메고 요진은 한 손으로 간신히 트렁크를 끌고 나왔다. 콜을 받고 도착한 택시가 어둠 속에서 소음과 연기를 뿜어내고 있었다. 시율이를 달래서 차에 먼저 실어 넣은 요진의 등 뒤로 은오가 발소리를 내며 다가왔다.

"꼭 이렇게 해야겠어? 이러는 거 너 정말 이해 안 가는 거 알아?"

그다음 나올 말은 이 상황을 두고 누가 옳은지 길 가는 사람들 다 붙들고 물어보라는 얘기겠지. 그렇게 일도양단이 되는 세계에서 요진은 지금껏 살아 본 적이 없었다. 혹은 지극히 단순 명료한 사안이어서 어쩌다 일도양단이 되더라도 그에 상응하는 무언가를 양쪽이 마땅히 취득하거나 박탈당하는 세계를 경험한 적이 없었다. 요진은 대답하지 않고 트렁크를 넣은 뒤 차 시트에 몸을 실었다. 은오는 한숨 끝에 볼멘소리로 중얼거렸다.

"일단 가서 쉬어, 전화할게. 더 소란스러워지기 싫으면 꺼 두지 말고 꼭 받아."

그 말은 요진이 탕, 소리 나게 닫은 차 문짝에 반 이상 잘 려 나갔다.

퍼져서 길가에 내버려 둔 차 옆을 택시가 스치고 지나갔을 때에서야 요진은 비로소 공동주택에서 멀어졌다는 실감으로 마음이 가라앉았다. 물리적인 안전감이 온몸을 감싸자, 내내 확인하지 않았던 문자와 카톡을 열어 볼 여유가 생겼다. 그야 말로 은오가 하루에 몇 번을 긁어 댄 카드 내역이 가장 먼저 눈에 띄었지만 이제 그건 안중에 없었다.

카톡에는 신재강이 보낸 폭탄이 쌓여 있었다. 손가락으로 화면을 밀고 내려가며 한마디씩 짚어 보았다.

— 제가 뭐 잘못했나요? 아니면 부담을 드렸나요.

— 정말로 바람을 맞히실 줄은 몰랐네요.

— 약국에도 없고. 이러시깁니까.

— 요진 씨 그렇게 안 봤는데 사람이 왜 그렇습니까.

— 제가 뭐 수작이라도 거는 것처럼 보여요? 밥 한 끼 사 겠다고 했다가 별 수모를 다 당하네요. 약사 선생도 공연히 이상한 사람 보듯 하질 않나, 그러는 거 아닙니다.

— 좋을 대로 하세요. 자세한 이야기는 월요일에 하지요.

요진은 월요일에 저곳에 없을 것이다. 신재강은 자신이 단한 군데라도 찔리는 구석이 있다면 아무 일도 없었다는 듯시치미를 뚝 뗄 것이다. 또는 반대로 요진을 음해하기 위해, 오히려 자신이 호의를 베풀려다 무안만 당하고 난처한 입장에 놓인 감정적 피해자나 된 양 고개를 기우뚱하며 은오에게 귀띔할 것이다. 은오 씨, 실은 금요일에 요진 씨가 저한테는 문자로 통보만 해 놓고 먼저 퇴근해 버렸는데 그날 집안에 무슨 일이라도 있었습니까? ……차를 자주 태워 주셔서 저녁이나 살까 했는데 그걸 좀 곡해해 받아들이시더라고요, 약간 기분이 안 좋으신 것 같았는데 어쩌지요, 돌아오시면 저부터 사과드려야 할 것 같습니다…… 계속 같이 지낼 건데 서로 얼굴 붉히지 않도록……. 본인은 아무런 의도가 없지만 그녀가 불쾌하시다니까 모두의 평화를 위해 자신이 잘못한 셈 치고 한 수 접어 준다는 식의 말이 강교원의 또 다른 관찰 증언과 맞물려, 요진을 공동주택 생활에 원활히 녹아들지 못하는 사람으로 간주하는 데 힘을 실어 줄 것이었다. 그리고 그 일련의 과정에서 은오가 온전히 자신의 편을 들리라는, 자신을 믿어 주리라는 확신이, 지금의 요진에게는 없었다.

그때 문득 밤공기로 웬만큼 갈음이 되었을 텐데도 여전히 어딘가에서 코를 찌르는 축사의 악취가 스며들어 왔다. 이미 닫힌 차창의 틈마다 한 올의 공기마저 새어 들어오는 걸 막아 내기라도 하려는 듯 요진은 차창 버튼을 힘주어 딸각거리며 끌어올렸다.

"혹시 창문 열린 데가 없는지 좀 확인해 주시겠어요?"

그러고 보니 택시 기사가 앉은 쪽 창문에 미세한 틈이 나 있던 듯 기사는 차창 버튼을 당겨서 빈틈없이 꽉 맞물리도록 올렸다.

"죄송합니다, 손님. 아까 오는 길에 냄새가 좀 들어와서 잠깐 열어 두고 환기하다가 잊었네요."

"괜찮아요. 여기만 벗어나면 금방 사라지겠죠."

머지않아 지워지겠죠. 냄새도, 그것이 속해 있는, 어쩌면 그것이 주인 되는 공간도.

몇 번인가 차바퀴와 자갈이 부딪쳐 튕기는 소리가 리듬감을 갖고 요진의 몸을 경쾌하게 흔들었다. 불규칙적이고 불안하며 세상 그 어느 곳에서도 음악으로 인정받을 수 없을 법한 소리였고, 변변한 가로등 불빛 하나 없이 택시는 상향등에 의지한 채 당장 무엇이 마주 덮쳐 올지 모를 어둠 속을 더듬어 나가고 있었음에도, 요진은 이 순간 공단 이불에 몸을 부리면 꼭 이럴 듯싶게 편안했다.

들뜨지 않은 옐로와 파스텔 톤의 퍼플 배색으로 이루어진 건물은 현대적인 디자인을 적용한 것으로서 지역 소도시의 작은 어린이 미술관 같은 느낌을 주었고, 집과 집 사이를 잇는 복도 코너에는 오후의 햇빛이 번져 나가고 있었다. 딸이 평소 주차장에 차를 대기 무섭게 놀이공원이나 체험장을 향해 달려 나가던 것처럼 이번에도 신이 나서 뛰어가자 남편이 딸의 점퍼와 가방을 주섬주섬 챙기고 그 뒤를 황급히 쫓아갔다. 부녀의 뒷모습을 바라보는 여자의 입가에 흐뭇한 미소가 흘렀다. 나라에서 변변찮은 예산으로 지었다 하여 우중충하고 실용적이기만 한 공간인 줄 알았는데 다행이었다.

그런데 어째서 이토록 사위에 적요가 흐르는지, 열두 집이나 되는데 다른 입주자들이 내는 생활의 소음 같은 게 들려오지 않는 점이 의아했다. 그때 어느 집 현관문이 여닫히는 소리가 나고, 배가 불룩 솟은 한 여자가 양손에 아들과 딸인 듯한 아이들의 손을 나눠 쥐고서 마당으로 천천히 걸어 나왔다. 여자는 임부를 향해 고개를 숙여 보이곤, 조만간 이사를 들어올 예정인데 딸이 새집 구경을 하고 싶어 해서 먼저 와 보았다며 자기소개를 했다.

임부의 반색하는 모습은 곧 한 발 앞으로 내밀어 여자를 끌어안기라도 할 것처럼 보였으나, 아이 둘이 있어 양손이 자유롭지 않으므로 대신 좌고우면을 해 보이며 아이들에게 인사를 시켰다. 허리를 숙이는 아이들에게 눈을 맞춰 주고 미소를 건네며 여자가 임부에게 다른 입주자들에 관해 묻자, 열두 집 가운데 원래는 네 집이 들어 있었으나 그중 세 가족이 퇴거하고 지금은 자기들밖에 남지 않았다는 대답이 돌아왔다.

여자는 당혹스러웠으나 티 내지 않고 임부의 다음 말을 기다렸다. 모처럼 좋은 조건으로 높은 경쟁률을 뚫고 들어온 입주자들이 어째서 2년을 채우지 못하고 떠나갔는지 알 수 없었다. 세 번째 아이가 태어나지 않아서라기엔 제한 시간이 아직 한참 남아 있는데 말이다. 그러나 사람에게는 누구나 말하기 곤란한 사정이 있는 법이므로 여자는 의연한 표정을 지어 보였다. 당첨자 가족도 아직 한참 남아 있을 것이고, 대기자

가족도 입주를 기권하지만 않는다면 반년에서 1년 안으로 나머지 열 집이 찰 테니까.

그래서 이토록 앞마당이 한산한 모양이었다. 만약 열두 집이 다 찼다면 주차장이 모자라 차 세울 데도 마땅치 않았을 텐데. 도심과의 거리 문제도 있으니 각 집마다 적어도 차를 두 대씩은 굴려야 하지 않을까. 여자도 평소 남편과 따로 운전해 왔으며 퇴직하고 8개월이 지난 지금도 마찬가지였다. 그러나 사면팔방이 뚫렸고 널린 게 공지이니 차를 반드시 주택의 바운더리가 쳐진 앞마당에만 넣어 두라는 법은 없을 것이다. 임부는 자신들도 중고차를 한 대 더 들인 지 몇 달 되지 않았다고 했다. 그전까지 줄곧 한 대로 버티다가 셋째가 생기면서 병원에 자주 가게 되어서였다고. 그 말을 듣자 여자는 적이 안심되었는데, 어쨌거나 이렇게 세 아이를 만드는 데 성공했다면 자신도 영 불가능하지는 않으리라는 작은 기대 때문이었다. 두 번의 유산 끝에 임신에 성공하고서도 자궁근종과 잦은 자궁 수축으로 인해 첫딸을 어렵게 낳고 은근히 아들을 기대하는 어르신들 때문에 어쨌거나 둘째를 보긴 해야겠어서 퇴직도 한 만큼, 공기 좋고 물 좋은 데서 스트레스 없이 살면 둘째도 머지않아 가질 수 있을 터였다.

임부는 6개월째라고 했다. 이제 나이 들어서 몸은 힘들지만 세 번째나 되고 어느 정도 습관이 돼 놔서 괜찮다며, 다크

서클이 깔린 눈가에 주름을 잡으면서 웃어 보였다. 농담이라고 한 것 같았지만 임신 출산이 습관이라니 다소 섬뜩한 말처럼 들렸다. 여자는 두 번째 유산 때 병원에서 습관성 유산에 특히 주의해야 한다는 말을 들었기 때문이다.

2층 복도에서 울려 퍼지는 딸아이의 웃음소리를 들으며 여자는 고개를 들었다. 임부가 딸의 나이를 묻기에 여섯 살이라고 여자가 대답하자, 이 집에 처음 왔을 때의 시율이 나이와 같네, 라고 임부는 혼잣말했다.

시율이가…… 누군데요?

그래서 여자는 반년 사이에 각자의 사정으로 떠나간 세 집에 대한 이야기를 임부, 세아 엄마로부터 들을 수 있었다.

다림이 엄마는 집에서 일하는 프리랜서였다고 한다. 여자도 딸아이를 낳고 회사를 4개월간 쉬면서 출퇴근만 안 했다 뿐 온갖 독촉 전화를 받아 가며 업무를 처리했던 기억이 선명하기에, 프리랜서가 얼마나 프리하지 않은지 정도는 짐작했다. 다림 엄마의 구체적인 사정은 어땠는지 모르나, 집에서 일하고 심지어 돈까지 번다고 하면 출퇴근이라는 시시포스의 노동에 시달리는 직장인들이 어떤 고까운 눈으로 보는지 정도는 알았다. 다림이네도 마찬가지였는지, 시누이 되는 이가 바쁜 사람을 자주 오라 가라 하며 들볶은 모양이었다. 올케는 출근을 안 하니까 이 정도는 올 수 있지. 올케는 시간이 자유로우니 당연히 그만큼은 해야지. 의견이나 가능성을 타진하는 게 아닌, 단지 의무를 부여하는 말들의 무게라면 여자도 익숙했다. 어쨌거나 일은 일대로 못 하고 돈은 돈대로 못 벌던 끝에 다림 엄마는 애 셋이 뉘 집 고기 뜯어 먹는 소리냐며 그리던 그림을 모두 찢어 마당에 뿌리는 큰 소동 이후 다림이를 데리고 갈라섰다고 한다. 부부가 찢어져 놓고 이 주택에 그대로 살 수는 없으니 남편도 이후 서둘러 퇴거했다는 것이다.

그 얼마나 민망한 일일까, 여러 사람이 아침저녁으로 서로 인사하고 얼굴 익혔을 게 틀림없는 장소에서 그런 방식으로 떠나간다는 것은. 남들 보기 난감해서라도 그런 식으로 갈라서기는 어렵다고, 여자는 자기도 모르게 고개를 저었다. 그나저나 다림 엄마라는 사람은 자신의 일에 대한 자부심과 열망이 대단했던 모양이다. 여자는 이 공동주택 사업이 시행된 당초의 목적과 본질을 상기하며, 다림 엄마의 일은 이곳의 환경이나 성향과 맞지 않았을 가능성이 크다고 생각했다. 자신도 딸아이를 낳고 퇴직한 뒤에야 비로소 각 잡고 명상하면서 내린 결론인데, 아이 셋을 둔다는 건 사실 부부 가운데 한 사람은 일하지 말고 집에서 양육에 전념하라는 뜻과 다름없었다. 기르는 아이가 둘 이상 넘어가면 그 점은 사회제도가 얼마나 잘 갖춰져 있는지와 무관하게 선명해지는 현실 조건이었고, 지금은 심지어 제도적으로도 과도기에조차 이르지 못한 시절이었다. 말하자면 이 공동주택은 집에 있기로 결정한 사람이 개인적 욕망을 내려놓고 육아를 보람으로 삼는 것이 총체적으로 건강에 이로운 곳이라는 결론이 자연스러웠으며, 각오하고 인내해야만 하는 게 아니라 그것이 즐거움이자 삶의 원동력인 동시에 성취의 기준이어야 했다. 여자는 그 부분을 충분히 염두에 두고 퇴직 결정을 내렸으므로 더 이상 자신이 아무것도 후회하지 않으리라고 믿었다. 커리어는 잃었지만 앞으로 딸아이와 겹겹이 쌓아 나갈 유대감이 남아 있었고 여자는 거기에서 위로를 받을 터였다.

말하자면 적어도 그다음 이어지는 세아 엄마의 말 속에 묘사된 시율 엄마보다는 낫게 살 자신이 있었다. 그 집은 보편적인 사례와는 다르게 남편이 집에서 아이를 보고 아내가 나가서 일했다기에, 여자는 처음에 시율 엄마가 중소기업 CEO 정도 되는 줄로 알았으나 비정규 알바였다고 하는 세아 엄마의 말에 놀랐다. 어떤 알바였는지에 따라 천차만별이겠지만 여자가 지금껏 번듯한 사회생활을 하며 착실하게 커리어를 쌓아 본 가락에 따르면, 남편을 집에 두고 아내가 밖으로 나가면서 세 식구가 먹고살 수 있는 알바란 현실적으로 존재하지 않았다. 투기나 일확천금이 아니고서야. 그렇다면 시율 아빠라는 사람은 뭔가 뜻이 있어서 ── 행정 고시 준비나 사업 론칭 같은 ── 아내를 밖으로 돌리고 고생시켰나 싶은데, 설상가상으로 글을 쓰는 사람이었다는 세아 엄마의 부연은 더욱 뜻밖이었다. 요즘 세상에 쌀도 물도 주지 않는 글이라니, 오락이나 교양 및 드라마를 비롯한 티브이 프로그램에서 유명인들이 손에 들고 나와 책 표지가 화면에 노출되면 비로소 잭팟이 터지는 극히 일부의 사태를 제외하고 빈익빈 부익부일 것이 틀림없는 현실에서, 한 아이의 아빠라는 사람이 투잡을 뛰지 않고 무슨 배짱인지 몰라도 글에 올인하다니. 시인지 소설인지까지는 들려주지 않았으나 살기 어려웠으리라는 건 두말할 필요도 없을 터였고, 평소 부부 사이가 원만하다는 착각은 곳간이 차 있을 때나 가능하게 마련이었다. 이를테면 여자는 지금 본인이 퇴사한 상태에서 남편이 다니던 회사의 계약 연장에 성공하지 않았다면 둘의 관계가 어떤 방향으로 흘러갔을지 상상하고 싶지도 않았다. 어쨌거나 그 아내가 어느 날 밤 갑자기 시율이를 데리고 나간 뒤 그대로 돌아오지 않았으며 이후 글 쓰는 남편도 자연스러운 수순으로 퇴거 수속을 밟았다는 이야기는, 더 듣지 않아도 그 답답함과 암담함을 알 것만 같았다.

그 뒤를 이어 떠나갔다는 집은, 세아 엄마의 말에 따르면 만사 제일 걱정 없어 보이고 오래 머물 것처럼 보인 정목이네

가족이었다고 한다. 부부 모두 열정 넘치고 힘 있어 보였고, 남편 되시는 분 직업도 한다하는 종류인 듯했으며, 굴리는 차도 포드에다가 먹고사는 거나 집 안 해 놓고 사는 모습이 전체적으로 여유로워 보인 한편 정목이 형제의 입성도 만날 버버리키즈나 타미힐피거처럼 마크만 봐도 알 수 있는 것들뿐이었다고. 여자는 그와 같은 세아 엄마의 묘사를 통해 그녀가 다른 집들을 어떤 시각으로 관찰하며 무엇을 기준으로 판단하는지 어렴풋하게나마 알 수 있었다.

세아 엄마는 남의 집 치부를 밝히는 게 조금 망설여진다면서도, 어차피 두 번 다시 만날 집안이 아닌 데다 상대방이 전혀 모르는 사람들에 대한 이야기인 만큼 별 상관 없겠다는 듯 즐거워 보이는 눈치로 말을 이었다. 시율 엄마가 겉보기에 좀 고운 사람이었는데 정목 아빠가 작업 비슷한 걸 걸었다는 얘기로, 시율 엄마는 떠나기 전 정목이네 집 현관 고리에다가 자그만 쇼핑백 하나를 걸어 놓고 갔다고 한다. 그 안에는 이름도 제대로 모르겠는 무슨 한정판 코스메틱이 들어 있었다고 하는데, 여자는 세아 엄마의 부정확한 프랑스어 발음 일부를 듣자마자 그것이 무슨 제품인지 알아차렸지만 굳이 알려 주지 않았다. 아무려나 시율 엄마는 그게 바로 댁의 남편이 나를 꾀려고 준 거라는 문자만 정목 엄마에게 남겨 놓았다고 하며 이후 시율 아빠와 정목이네 부부의 삼자대면에서 시율

아빠는 금시초문이라고 뒷목을 잡고, 정목 아빠는 결코 그런 의도가 아니었다는 강변으로 자신의 억울함을 호소했다는 것이다. 그러나 정목 엄마는 전후 사실을 따지기보다는 자신의 남편이 이웃집 여성에게 오해받을 만한 처신을 하여 망신살이 뻗쳤다는 데 대해 분노했고, 그 뒤로 시율 엄마가 사자 대면은커녕 세 사람 모두의 연락조차 받기를 거부하면서 일은 흐지부지되었다고 한다.

그래 봤자 어차피 얼굴도 모르는 남들 이야기였지만, 아니 어쩌면 남들 이야기였기 때문에 여자는 흥미진진하게 들었다. 이 작은 공간에서도 그런 일이 벌어질 수 있다니 사람 사는 데가 어디나 똑같기란 여지없다고 실소하며.

그나저나 두 아이를 데리고 오랫동안 서 있는 세아 엄마의 무거운 몸이 신경 쓰인 여자는 댁에 들어가 앉아서 얘기를 마저 나누자고 제안했다. 세아 엄마는 마침 좋은 장소가 있다며 뒷마당으로 여자를 안내했다. 언뜻 보아 뒷마당이 오히려 앞마당보다 더 넓은 듯싶고, 이후 주차 공간이 부족해진다면 이곳을 활용하면 되리라……고 생각하던 여자의 눈에 거대한 원목 식탁이 들어왔다. 다 빈치가 그린 최후의 만찬에 등장하는, 나란히 열세 사람이나 앉을 수 있는 식탁이 꼭 이랬을까 싶게 큼지막하고 단단해 보였다. 입주자들이 오기 전부터 이 자리에 붙박인 그대로라는 식탁은, 위치를 다소 애매하게 잡은 탓에 아까운 뒷마당 공간을 많이 차지하고 있었다.

남자들 여럿이 들어 옮기면 식탁 옆으로 한두 대쯤 더 주차가 가능하지 않을까 싶었으나 여자는 곧 고개를 가로저었다. 기중기를 동원하지 않고는 어려워 보였을뿐더러 왠지는 몰라도 이 공간은 이렇게 활용해야 마땅한 곳 같았다. 어떤 효용이나 합리보다는 철저한 당위가 지배하는 장소. 기회가 닿으면 아이들이 탈 만한 정원용 그네 또는 미니 미끄럼틀 같은 것이나 좀 들여놓으면 될 터였다. 어차피 아이들이 많아질 곳이므로. 각 집에 아이가 둘씩만 있다고 쳐도 꼽아 보면 스물네 명에 이른다. 볕 좋은 날 각 집에서 버너라도 내놓고 바비큐 파티를 하면 좋겠다는 그림이 여자의 머릿속에 그려졌다. 어른 스물네 명까지 합하면 도저히 다 둘러앉을 수는 없을 테지만, 그럼에도 눈앞의 식탁은 이 주택에서 제일 오래갈 듯이 존재감을 드러냈다. 향후 몇 가구가 들고 나든지 변함없이 이 자리를 지키고 서 있을 것만 같은, 이웃 간의 따뜻한 나눔과 건전한 섭생의 결정체처럼. 여자는 왠지 몰라도 이 식탁을 오랫동안 아침저녁으로 보고 지낼 자신이 있었다.

다시 딸의 웃음소리가 들려왔다. 넘어지지 않도록 조심하라는 아빠와 가벼운 실랑이를 벌이는 듯도 싶었다. 손 없는 날로 고른 이사 날까지 아직 3주가 남아 있었다.

오늘의
젊은 작가
19

네 이웃의 식탁

구병모 장편소설

1판 1쇄 펴냄 2018년 6월 15일
1판 14쇄 펴냄 2024년 4월 29일

지은이   구병모
발행인   박근섭·박상준
펴낸곳   (주)민음사

출판등록   1966. 5. 19. 제16-490호
주소   서울시 강남구 도산대로1길 62(신사동)
           강남출판문화센터 5층(06027)
대표전화   02-515-2000 | 팩시밀리 02-515-2007
홈페이지   www.minumsa.com

ISBN   978-89-374-7319-7 (04810)
ISBN   978-89-374-7300-5 (세트)

* 잘못 만들어진 책은 구입처에서 교환해 드립니다.